もう愛の唄なんて詠《うた》えない

さだまさし

幻冬舎文庫

もう愛の唄なんて詠《うた》えない

もう愛の唄なんて詠《うた》えない　目次

二〇〇五年冬

二〇〇五年春

二〇〇五年夏

二〇〇五年秋

二〇〇六年冬

二〇〇六年初夏

二〇〇六年夏

風が伝える愛の唄

第一小節

忘れられた〝愛の唄〟を探して、国を想い、国を憂える――ブッシュ氏、小泉さんへの問い

ブッシュ氏に尋ねたいことがある。質問は二つ。

⑴戦争とテロの違いは？

⑵正義と悪の差は？

ビン・ラディンがテロを行い、ニューヨークを攻撃した時は僕もアメリカの味方だった。だが、アフガニスタンをあんなに酷《ひど》く攻撃し、多くの国民を殺した挙げ句、ビン・ラディンを取り逃がし、その恥を誤魔化《ごまか》すように、突然イラクを先制攻撃した時には憤った。今までにイラクで亡くなった約十万人の戦争被害者の八割は市民。言っておくが、僕の故郷、長崎の原爆での死者は七万人から十万人だったんだ。原爆だけが凶器じゃないってこと。イラクへの攻撃理由だった大量破壊兵器は存在しなかったし、イラク国民にとっては、独裁者の名前と国籍が変わっただけ。サダムからブッシ

ュへ。それが「正義」なのですか？　そんな国にお追従する我が祖国の恥ずかしさ。アメリカの自由さも文化も国民性も大好きだけど、臆病でヒステリックで自己中心主義の米国政治は大嫌いだ。

次に小泉さんに聞きたいことがある。質問は二つ。

(1)自衛隊員がサマーワ基地でロケット弾に当たって亡くなったら事故死ですか？　戦死ですか？　それとも暗殺なのですか？　殉職という言い逃れは駄目ですよ。

(2)戦時中と戦後の境目は？

戦後復興支援って、小泉さん胸を張ってそう言った。その自衛隊の基地にロケット弾が撃ち込まれる国の何処《どこ》が戦後なのか教えて欲しい。正直に言ってよ——「いやあ、ぶっちゃけ、属国という立場上、アメリカに逆らえないんだ。みんな我慢しよう」って。本当の「独立」はそこからスタートするのに。国民の未来を本当に心配してくれていますか？　言葉のアヤで現実を誤魔化す大人達の嘘が子供になめられる原因。お酒は二十歳を過ぎてから？　嘘でしょ？　じゃ大学の新入生歓迎コンパを取り締まれよ。煙草は二十歳になってから？　嘘でしょ？　チュー坊が制服で吸ってても見て見ぬふりの大人なんか頼りに出来るか！　って、ほら、未来の大人が今の大人をバカにしてるのに気付かない？

そうそう、「日本人はまるでディズニーランドの中で暮らしているような人々だ」って言葉を聞いたことがありますか？　平和と水はタダだって思ってるって。安全が当たり前だって思ってるって。アトラクションの順番を待つように、毎日面白そうな一瞬の刺激ばかりを期待して、ひとときの快楽のためなら無駄で高いお金を支払ったり、羊のようにおとなしく長い列を作ることも嫌がらないって。これって日本をよく知る外国人の台詞《せりふ》なんだけど、褒められてるんじゃないんだよ。

それから数年前にね、あるマーケティングの会社が世界中の十代の若者に街頭インタビューをした。質問は一つ。「未来の不安を教えて下さい」――勿論《もちろん》、一番多いのは、自分の人生設計、それに恋や結婚。外国では「自分の国の未来」って答えた若者がかなり多かったが、世界中で日本の若者だけは特別だった。「国の未来」、或いは「国の方向性」又は「国」という単位で答えた若者が一人もいなかったんだ。世界中の国々の若者達の中で日本の若者だけ、国の未来を心配する人が0％だった。嗚呼《ああ》！君ったら幸せなのか余程のバカか。

外国で「きみは何処の国の人ですか？」と聞かれたらなんて答える？　「私は日本

人です」と答えた時、「なんだ、お前、アホで軽薄で助平な日本人か」って言われたい？　僕は「おお、あの素晴らしい日本人か」って言われたい。ま、過剰なプライドは最低だけど、プライドの無いのはもっと屑。

親が子を殺し、子が親を殺す。つまり最も近い体温の者同士が最も激しく戦うという悲しく異常な現実。日本語を話せない日本人。駅前留学も良いけれど、まず帰国してみないか？　本当の日本へ。

では、この国の心ある人々は絶滅してしまったのだろうか？　なんのいえいえ、大丈夫。まだまだこの国の心根や日本人は絶滅していないのだ。

それを探す旅に出ることにしよう。

日本の元気探しの旅につきあっておくれ。さあ、新しい年だ！

第二小節

二〇〇一年の春、美しい村に出逢った
――新潟県山古志村
非情な災害……そして、邂逅

山あいの美しい村だった。

錦鯉《にしきごい》のための棚池の水が青空を映して碧《あお》く澄んでいた。入り組んだ山々の裾《すそ》にしがみつくように家が並ぶ。二〇〇一年の春、僕と画家の原田泰治さんがこの村を訪ねたのは、二人の念願の旅がNHKで実現したからだ。旅をして、お互いが気に入った村や町に出逢ったら原田さんがそこで一枚の絵を描《か》き、僕が一曲歌を作る。二人でそうやって少しずつ日本を歩いて行こう、という約束。歳は原田泰治さんの方が一回りも上だが、僕は「泰ちゃん」と、泰ちゃんは「まさしくん」と呼ぶ。

泰ちゃんは幼い頃小児麻痺《まひ》にかかり足が不自由だが、人一倍元気で明るい。二人とも人なつっこいからすぐ村の人と仲良くなる。村役場へ挨拶《あいさつ》に行くと、明るい長島村長さんが歓迎してくれ、企画課の斉藤隆さんを担当に、泰ちゃんのために自動車を貸

し出してくれた。僕らはその車で谷あいの村をあちらこちらへ走り回った。折から、山の神の火祭りの準備中。老人会の人達が廃校跡の公民館で藁《わら》を編んで支度をしていた。歴史も文化も高いこの村では何軒もが「闘牛」のための牛を飼っている。泰ちゃんが諏訪《すわ》弁で「おら、ここで絵描くら」と言った小さな橋の上から見ると、雪深い里にはまだまだ白い雪が沢山残っていた。小川の名は芋川。雪解け水がさらさらと流れていた。描かれたのは松井さんのお宅。鯉も牛も飼っている松井さんは泰ちゃんに椅子まで貸してくれた。この時、泰ちゃんは「雪深い村」という絵を、僕は「春待峠」という歌を書いた。この山深い村の人々の春を待つ想いが聞こえた気がしたのだ。長島村長さんは「折角来てくれたんだから」と自慢の錦鯉を僕に一匹くれた。貰《もら》っていいの、と聞くと、ここで育てるからこの鯉に会いにまた来てよ、と笑った。帰りには松井さんの奥さんのキミさんが山菜を沢山摘んでお土産《みやげ》に持たせてくれたっけ。星野さんの一家は近所の人まで総出で迎えてくれてけんちん汁をご馳走してくれた。懐かしくて温かい思い出だった。

二〇〇四年十月二十三日夕刻。その村を大地震が襲った。

僕は名古屋にいた。震度六強と出た。身体が震えた。山古志《やまこし》村は一夜で壊滅した。

自然災害は非情だ。人々がどれ程懸命に生きていようと無表情で襲う。全村避難を決意した長島村長の苦渋の表情を遠い町のテレビで見ていた。松井さんや星野さんが映りはしないか、と懸命にニュースを見たが判らない。電話も通じない。関西、九州のツアーを終えるまで動くにも動けない。出来ることはコンサート会場にメッセージを添えた募金箱を置くことくらいだった。十一月半ば、何度かの大揺れでついに山が崩れた。川をせき止め、村は水没した。芋川だった。泰ちゃんが橋の上で絵を描いたあの小さな川が氾濫《はんらん》して村を沈めた。老人達が火祭りの準備をしていたあの廃校跡の公民館がダムになったのだ。

ようやく泰ちゃんと二人で長岡市にある災害対策本部を訪ねることが出来たのは十二月二日。僕はコンサートで寄せられた義援金とギターを持って行った。泰ちゃんはあの日の美しい村の絵のピエゾグラフと、二人で書いた応援メッセージを。長島村長は陳情のための上京で会えなかったが、企画課の斉藤さんが迎えてくれ、避難所に案内してくれた。松井さんの家もあの橋も水没したが生命は助かった。星野さんも無事。「おーい!」。駆け寄って抱き合ったら涙が出た。二人で体育館で暮らす被災者の人々に懸命に声をかけて歩いていたら、一人の男性が「歌ってよ」と言った。切なくて

「春待峠」は歌えなかった。マイクも何も無かったが、ギターを抱えて「案山子」を歌った。泣き出す人がいて困った。「もっと景気の良い唄を歌ってよ」。斉藤さんも泣き笑いで言う。ごめんね、俺の歌、景気の良いのが無いよねえ、と言うと、みんながやっと大声で笑った。「北の国から」をみんなで歌った。何度も声が詰まった。

帰りがけ、松井さんが僕らの手を力強く握りしめて言った。「俺はやるよ！　もう一度あの村を取り返すよ」。笑顔が胸に痛い。実際、僕に出来ることはほとんど無い。それが事実だ。それに、頑張っている人に頑張れとは言えない。

「元気でね、元気でね」とだけ言った。

心の元気さえあれば、強い夢はいつかきっと叶う。

あの美しい村へ帰ろう。

第三小節

「自由」という名の嘘で固めた自己偏愛中心主義《じぶんさえよければ》という病　恥知らずで情けなしの大人達は……

秋葉原《あきはばら》のコンピュータ専門店で声をかけられた。「これはDVDをコピーするソフトなんですが」。彼は僕に向かって聞き取りにくい今風の日本語で続けた。「只今、このモニターに映っているのがこのソフトでコピーした映画ですが、このように綺麗な画像で、しかも映画の本編だけ取り出してコピー出来ます」。自慢気に言う。「これ、コピープロテクト（コピー防止処理）されてる筈《はず》だけど」。僕がそう言うと彼は胸を張って答えた。「いえ、今、ネットで幾らでもプロテクトをはずすツールは手に入りますから」「それ、駄目でしょう？」。僕が反射的にそう言うと彼はきょとんと言葉を失って、僕を見た。「いや、市販製品を勝手にコピーするのは犯罪だよね？　そういうものをあなた、堂々と人に勧めていいの？」。更に僕がそう言うと、「いえ、別に、その、あの」としどろもどろ。これ一流の電気店の、まさに堂々たるフロアでの話だ。

これは自分が楽しむための「自由」というような範疇《はんちゅう》を超えている。立派な「犯罪」だ。窃盗罪と言っても良いくらいのね。「犯罪って言ったって、別に人を殺した訳じゃないでしょ」って言うじゃなーい。「でもあんた、DVD制作者の生活を追いつめ、結果殺してるんですからぁ！　残念！」ってか？

日本は今、こういう「自由」という名の嘘で固めた「自己偏愛中心主義《じぶんさえよければ》」という精神病に冒されつつあるのだ。いや、ずっと前からそういう予感はしていた。いい歳《とし》をしたオバサンやオッサン達が信号を守らなくなった頃からね。「わたるな」とひらがなで大きく書いてある大通りを平然と信号無視して渡ってくるオバサン・オッサンには、思わず「恥を知れ！」と叫びたくなるよ。外国人は特に信号守らないのが多いなあ。社会性が低いとしか思えない。それが、白人が格好良いから真似してる訳じゃないんだろうね。信号は「見える約束」。こんなに解りやすい約束を守らない人間が「目に見えない約束」なんか守れる筈がない。

ある時こんなことがあった。徹夜でレコーディングを終え、新幹線に飛び乗り、移動の間だけ寝られる、と熟睡していたらオバサンに揺り起こされた。「あのさ、次で降りるからサインしてよ」。人は何処まで自分の都合中心に生きられるのだ、と呆《あき》れながらサインした。「自分だけ」が好きな人が増えたんだな。ナルシスト、というのとは違う「自己偏愛」。自分の都合のためなら世の中の約束も「忘れられる」し、「どうでもいい」し、「勝手な解釈で理屈づけできる」のね。あ、そうか、憲法九条の扱いと同じ論理だな。成る程、戦後、長い時間をかけて日本国の政治家が身をもって国民に示してきたという訳だろう。力のあるものには満面の笑みでへつらい、媚《こび》を売って靴までなめて恥を知らず、弱いものには冷たい視線でにこりともせず唾を吐いて顎《あご》で使って情を知らない。分かった分かった！　恥知らずの情けなしがこの国に増えたのだ。

「恥」は日本独自の精神文化の象徴のひとつ、「情」は日本の生活文化の潤滑油の一つだったのになあ。自分のために人が苦しんでも気にならない、気がつかない時代。

嗚呼！　恥知らずで情けなしの大人達に育てられた子供達はどういう人物に育つのだろうか、と日本の未来が不憫《ふびん》でならない。ご飯を食べるお金に切実に困った経験もなく、欲しいものはどうにか手に入れられる環境に育ち、自分を痛めつけて精進する、などという「強い夢」や「目的」への努力はせず、自分の不運は常に人のせいにし、他人の幸福を妬《ねた》み羨《うらや》みいつか憎む。セックスの誘惑には甘く、だらしなく、お金には異常に執着する。

とりあえず「金」が「力」です、か？　無責任で安っぽくて根っこの生えていない自分を嘘で正当化し、確かに本当のことを指摘されると「キレる」。僕ら大人達がここまで社会を壊した理由は分かってる。設計図《ビジョン》が無いからだ。強い設計図が有れば、辛《つら》い作業も苦にならないのに、辛さから逃げるために自分を誤魔化したからだ。

そうだ！　この国の未来に必要なのは、未来をこうしたい、という「強い設計図」だ。ではさて、どうやったら「強い設計図」を作ることが出来るのかな？　おやおや、今年は新春早々、大きなテーマと出会ってしまったよ。

第四小節
何のために生まれてきたのか――十七歳で、心の病にかかった僕から新成人の皆さんへエールを

「私は何のために生まれてきたのだろう」

「私は何をして生きればよいのか解らない」

　こういう悩みの相談を受ける歳になった。分かる分かる分かる。僕らはみんな同じ悩みとぶつかってきた。その悩みを乗り越えてきた大人もいればその悩みから逃げてきた大人もいるし、ハナからそんなこと考えたことのない大人までいる。僕がその悩みに出会ったのは十七歳の秋。三歳から続けてきたヴァイオリン修行をやめよう、と決意するまでの半年間のことだ。三歳から、というとヴァイオリンを弾いていない記憶などほとんど無く生きてきた。それに毎日学生音楽コンクールで賞を貰ったりしたからみんなに期待され、「長崎の星」と将来を嘱望されて、中学一年生の時からたった一人で東京へ出てきてヴァイオリン修行をしていた。音楽高校に落ち、一般高校に通いな

がら音楽大学を目指していた僕は、実際、受験のために必要なお金に困っていた。ヴァイオリンのレッスン料は当たり前だが、受験には副課のピアノも学ぶ必要があるし、聴音やソルフェージュといったものをそれなりに学ぶにはそれなりのお金が必要だった。父の仕事はうまくいっておらず、家計も汲々《きゅうきゅう》としているのを承知していたし、ここからかかる費用を思えば、ここで引き返す方が我が家にとって痛手は少ない、と判断した。ノイローゼになり、睡眠障害になった。

だが、生来暢気《のんき》な性格の僕は一体この苦しみがどこから来るのか確かめたい気持ちの方が強くなり、大きな紙を用意し、今、自分が抱えている不安や不満を右端から箇条書きにしていったのだ。腹の立つことや悲しいことも全部書いた。毎日少しずつ書き足した。散々書き続け、そして毎日それを眺めた。ある日、幾つかが重複していることに気付いた。この悩みはこの苦しみと根っこが同じだ、と。よく考えればこの悩みとこの腹立ちは一緒だ、と。それで少しずつ悩み・怒り・苦しみ・不安を統合していった。すると幾つかの大きなテーマに集約されることに気付いた。

それが実は冒頭の質問——「何のために生まれたのか」「何のために生きるのか」だった。更にこれを追求していったところ、驚くものにたどり着いた。それは「私はだあれ？」だった。ヒトは自分が何者なのか知るために生きているのだ。そしてこれこそが「哲学」の玄関に他ならないことも知った。そして「哲学」の出口は「どんなふうに死にたいか」ということも。それで僕は心の呪縛が解けた。

「なあーんだ」であった。十七歳くらいで自分が何者か分かってたまるか、と。それですっかり元気になった。とりあえず四十五歳くらいまでは借りておこう。それまでは借りの人生。一所懸命さえ忘れなければ、人に迷惑をかけないことなら何をやっても良いだろう、と決めた。

僕の幸運はもう一つあった。人と話をすることが大好きだった。家族がよく話をする家に育ったこともあるが、東京へ出てきて長崎訛《なま》りを笑われたのがこたえた。それでラジオから思い立って、寄席へ通って落語を覚えることにした。それなら江戸弁を覚えられるし訛りの矯正になるし、第一、面白いヤツになれる、と。それに夏休み冬休みは帰省するのに長距離列車にたった一人で乗るのだから周りの人と触れあうのは重要なことだった。だから知らない人と話をすることが怖くなかった。同世代よりも、年上の人の話の方が面白かった。僕は自分がお婆ちゃんっ子だったこともあり、年寄りとすぐ仲良くなる。すると「なんて素敵な！」という老人に出会うようになる。やがて「いつか歳を取ったらこんな老人になろう」という憧れの人に出会うと、目の前にぱあっと一筋の道が出来る。その老人の存在が高ければ高い程険しい道だ。老人になる。実はそれだけで尊いことなのに気付く。

生き続けることは、愛する人々を途中で亡くし、その生命の分まで一緒に生きること。生きることは壮絶なことなのだ。やがて僕が生きながらえ、運良く老人になれたら、きっと「変だけど面白くてすげえ」じじいになるよ。それが僕の生命との約束。

生きることは大変だけど、苦しみを面白みと感じられたら、生きることは楽しいよ。

新成人の皆さん、おめでとう！　素晴らしい老人になってくれ！

第五小節
ニッポンが失いかけているもの……
節分に「泣いた赤鬼」を思い出した
そう、〝善意〟は必ず存在するのだ

節分を過ぎて日本は暦の上ではもう春。

さて僕はこの季節になると、偉大な童話作家・濱田廣介の「泣いた赤鬼」という名作を思い出すのだが、この話を知らない人が意外に多いと聞いて吃驚《びっくり》する。是非とも読んで欲しい。物語の筋だけを伝えるのは馬鹿げているとは思うが、無理にでも伝えてみることにしよう。

「鬼」と言えば人間を苦しめる「悪」の存在、のイメージだが、濱田廣介の赤鬼はそうではない。人間と仲良くしたくて仕方がないのだ。それで、「私はやさしい鬼ですからどうぞ皆さん遊びに来て下さい。美味《おい》しいお茶を用意していますよ」という立て札を立てるのだが、そうなると人間は疑り深い。却《かえ》って誰も寄ってこない。一旦嫌われると人間社会というものはそんなふうに徹底して冷たいものだ。この悩みを親友の青鬼に相談すると、青鬼は赤鬼のために一役買おう、と言う。僕が人間を虐《いじ》めるから、そこへ君が来て僕をやっつければ、人間は君を信頼するだろう、と青鬼は言った。赤鬼のために自分が悪者になることを提案する。赤鬼はそれでは君に申し訳ないと言うが、青鬼は君がそれで人間と仲良くなれたらそれは僕も嬉《うれ》しいと思う。それで言われたとおりにする。青鬼が人間の村で暴れているところへ赤鬼が駆けつけて、青鬼をやっつける。「痛くないように」殴ろうとすると、青鬼は本気でやらなきゃ駄目だ、と論す。赤鬼が「本気で」ぽかぽか殴ると、予定どおり青鬼は逃げ出す。このことで赤鬼は人間と仲良くなることが出来た。

　ところが、人間と仲良くなって嬉しい日々が過ぎてゆくと、今度はふと、自分のために犠牲になってくれた青鬼のことが気になる。そこで山を越えて青鬼に会いに行くと、青鬼の家は空き家になっていて、立て札が立っていた。青鬼からの手紙だった。しかし、青鬼は赤鬼がきっと自分のことを気にして訪ねてくるだろうと分かっていた。しかし、万が一、二人が仲良しでいるところを人間に見られると、赤鬼はまた疑られる。だから僕はずっとずっと遠いところへ行きます、と書いてある。最後に「ドコマデモキミノトモダチ」と結んであった。それを見て赤鬼はおいおいと泣き出すのだ。

この話は何度読んでも感動する。僕は同じところで泣いてしまう。その理由は「情」だ。なさけに溢《あふ》れた話だからだ。次に「義」だ。「自分が考える正しい行いをしよう」という誠意に溢れているからだ。最後は「感謝」だ。赤鬼の涙は青鬼への感謝と、これほど自分を思ってくれる友達を失ってしまった後悔の涙なのだ。まず、青鬼は自分が赤鬼のために悪者になろうと決めた時、既に赤鬼との決別を決意した筈だ。そして自分を犠牲にした後も、決して赤鬼に「自分がしてやった」などという高慢な恩を着せることもなく、最後の最後まで赤鬼の立場に立って物事を考える。さて、相手のために本当に何かをするということは、ここまで考えて行動することではないのでしょうか、と濱田廣介が問いかけてくる。そしてこう聞いてくるのだ。「これでも青鬼を偽善者と言いますか？」と。

読んだことのない人はきっとこの物語を読んでこのことを考えて欲しい。

「友情」や「善意」は必ず存在するのだ。

例えば青鬼は、赤鬼が自分のそういう「思い」を必ず分かってくれる、と信じているから自分を犠牲に出来る。実は今、日本に一番欠けているものは、この「情」だ。相手がきっと自分の真意を分かってくれる、という「信頼感」だ。それは一朝一夕に生まれない。長い時間をかけてお互いの人間関係の中で「練り上げてゆく」ものなのだ。自分の都合ばかりで人を恨んだり疎ましがったりする。これはエゴでしかない。僕は青鬼程には「無私の心」で友人と向かい合うことが出来ないけれど、こんなふうにありたい、と思うか思わないかでは、相当な違いがあると思う。

「ドコマデモキミノトモダチ」

僕は「泣いた赤鬼」に出てくる青鬼の、赤鬼への真の友情を思うたび、泣けて泣けて仕方がない。そして、鬼が悪だと誰が決めたの？　と濱田廣介がまた僕に聞いてくる。そうとも。余程今時の人間の方が「鬼」より悪い。これが、僕が節分の豆撒《まめま》きの時に「鬼は外」と言えない理由だ。

だから、僕は今年も小さな声で「福は内」とだけ言った。

風が伝える愛の唄

もう愛の歌なんて唄えない

あなたの嫁ぐ朝　始発列車に乗って
僕は青春から出来るだけ遠ざかる
年上のあなたには初めから
僕の手の届かない愛が居た

200マイルも離れた　名も知らぬ駅で降りよう
そしてむかしあなたの為　作った歌　唄おう

教会の鐘が鳴り響く頃

お別れに一度だけあなたの名を呼ぼう

花をちぎれない程　やさしい人に
恋は無理よとあの日あなたは言った
恋の上手な人たちは少し意地悪
僕の胸を吹き抜けたあなたの吐息

200マイルも離れた　名も知らぬ駅で降りたら
あなたの好きな花さえも　ちぎり捨てて　みせよう

列車が陽の当たる坂道を登ってく
遠くに青い海が光ってる

訳もなく涙があふれてきて
もう愛の歌なんて唄えない

もう愛の歌なんて唄えない

from「Glass Age」

僕たち歌作りにとって「歌を作る」というモチベーションを維持することは重要なことだ。一体何のために歌作りをしているのか、という熱が下がれば一瞬にして僕らはメロディを失い言葉を失う。「歌作り」という言い方はなかなか理解して貰いづらい。何故ならいつの間にか音楽業界には「作詞家」と「作曲家」、更に「編曲家」という分業制が定着しており、そうして出来上がった楽曲を「歌手」が「歌」として表現するという、言わば「グループ作品」が普通だからだ。

僕のように自分で詞を書き、自分で曲を作り、自分で編曲もし、自分で演奏し、自分で歌うような者のことを日本では簡単にシンガーソングライターなどと言うが、これは和製英語で、アメリカでは理解して貰うのは難しいだろう。

では、僕のような者をどう言えばよいのか、という話だが、詞、曲、演奏、歌唱、全部まとめてやることが僕のやり方で、それを自分で「歌作り」だと言うことにしている。

中には僕の「詞」だけを評価してくれる人もあり、「曲」ばかり評価してくれる人もある。「歌」や「演奏」をそれぞれ別のものとして評価して貰えることは、光栄なことであり、嬉しいことだが、僕の場合、全部まとめて僕なのだ、と思う。

ああ、この詞がもっと良ければこの曲は良くなったのに、とか、ああ、このメロディがもっと良かったら名曲になれただろう、或いは「折角の良い曲をこんなに下手に歌ったのでは台無しだ」という欠点の全部を自分自身で引き受けるのが僕の「歌作り」なのだと思う。

「音楽作品というものは、音楽家が自らの生命を削りながら生み出す〝音楽の神様〟への〝供物〟なのだ」

これは服部良一先生の心に残る言葉だ。所詮《しょせん》、時代風俗の中に泡のように生まれ、泡のように消え去る運命のものが「歌曲」であり、その表現者一代限りの「芸能」であることも理解している。しかし、そんなものに「生命を削って生み出した供物を音楽の神に捧げる」ような歌作りが居ても良いと思う。「何のために歌作りをするのか」と最初に自分に問いかけた答えがこれである。自分の言葉で語り、自分のメロディで歌い、自分の演奏と、自分の声と、その全てを駆使し、その声を聴いてくれる人に生命を懸けた「応援歌」を送り続けることこそが、表現する場所を与えられた者の誠実な仕事だと思う。その音楽の質の問題ではなく「志」の問題として、だ。

僕はまだまだ愛の歌を歌い続けてゆく。

第六小節
辛い冬でも、必ず次に春が来る
必ず桜の花は咲く
美しく悲しく「頑張れ」と咲く

爛漫《らんまん》と咲く桜が良い。

花びらの一枚一枚は純白に見えるのに、一斉に咲いたその色は見事なピンク、いわゆる桜色に染まる不思議な花。

花見の季節になるとうんざりだ、と言う人がいる。あの下世話で騒々しい馬鹿騒ぎに呆れる。あれでは花が哀れだ、と。それはそうだが、花ざかりの桜には人を酔わせる不思議な魔力がある。花見の愉《たの》しみ方は様々だろうが、「樹に惚《ほ》れる」ことが一番のご馳走。心惹《こころひ》かれる桜に出会ったら、この樹は私の樹だと決めてしまうことだ。他人の家の桜を勝手に自分のものと決める訳にはいかないが、公園のものなら構わないだろう。そうして毎年その樹に「会いにゆく」のだ。

実は僕にもそんな樹がある。仕事が終わった後、いつも深夜になるけれど、ふらりと酒をぶら下げて行く。根元に僅《わず》かな酒を振る舞い、桜と一緒に呑みながら爛漫と咲く花にこの一年に起きたことを語る。辛いこともそれで乗り越える。嬉しいことは分け合う。花見ではなく花会だ。

今年もそんな季節が近づいてきた。実は花に「ありがとう」と言えるだけでありがたいこと。何はともあれ、元気で生きられた感謝だからだ。そう、この身には何時《いつ》どのようなことが待っているか判らない。戦争は勿論、自然災害の脅威を知れば尚更だ。

実は暦が変わったばかりの今年一月末。突然さいたま市の、まいやま米店の松本一男さんから僕にお米が送られてきた。それに手紙が添えられており、手紙にはそのお米の素性が書いてあった。

これは山古志村の畦上勝さんの作ったお米で、勝さんが修業した畜産業の経験を活かして飼育牛の堆肥を使ってあみ出した「自然乾燥米」のコシヒカリです、とある。勝さんは〝畜産と農業を結ぶ〟を信念に、一家で一年に百俵の収穫を目標に頑張ってきた。この米は昨年収穫された九十六俵の中の一部です、とあった。実は牛舎での作業中にあの震災に遭い、父上の守二さんと勝さんの奥さんの満喜さんは無事だったが、無念にも勝さんとお母さんのよしさんは倒壊した牛舎の中で亡くなったのだ。松本さんは僕に「このお米が美味しかったら、畦上さんのご家族に『美味しかった』と手紙を書いて欲しい」と書いた。きっと元気が出ると思うから、と。僕は早速、勝さんのお米を炊き、格別な思いで合掌してから頂戴した。驚く程みずみずしく濃厚な、お米の深い味わいがあるにもかかわらず元気であっさりとした名品だった。

僕はすぐに手紙を書いた。有り難うございます、勝さんのお米は本当に美味しかった、と。すると奥さんの満喜さんから返事が来た。勝さんは手間が掛かっても太陽の香り一杯のお米を食べて貰いたいと、いつも黙々と田んぼに堆肥を入れていたそうだ。実は地震の起きた日にやっと新米を炊いたのに、一口も食べずに亡くなった。さださん、食べてくれて有り難う、手紙を有り難う、元気が出ました、と書かれていた。ところが、満喜さんが僕へのその手紙を出そうとした矢先に、雪の重さで山古志の畦上家が倒壊したという知らせを受けた、と追伸に記されていた。地震で一階と二階とが折れ、その上に雪が積もったため、静かに座り込んだような姿で家が壊れた、涙が止まらなかった、とある。読みながら僕も一緒に泣いた。「物ではなく思い出」というCMがあるけれど、思い出は物に詰まっている、と満喜さんは叫ぶようにその手紙に書いた。何もなくなったのでは淋《さび》しすぎる、と。まさにそうだ。一体これ程の苦しみを生きる人を僕らはどんなふうに支えられるのだろう。思い余ってさいたま市の松本さんに電話をした。松本さんも「自分にどういう応援が出来るか一所懸命考えています」と温かい人柄を感じさせる口調でそう答えた。

そうだ、苦しみの中でも季節は巡る。今年の山古志に、桜はそれでも咲くのだろう。美しく悲しく「頑張れ」と咲くのだろう。この花は昔からそんなふうに人の営みをじっと近くで見つめてきたのだろう。そうして人々はこの花を見つめながらおのれを励ましてきたのだ。僕は取り急ぎ、満喜さんに返事を書いた。いつか山古志の美しい村の美しく爛漫と咲き誇る桜の下で、勝さんのお米でおにぎりを食べましょう、と。

どんなに辛い冬でも、必ず次に春が来る。必ず花は咲く。頑張れ新潟。

第七小節

春、卒業、別れの季節
散りゆく桜の花びらに乗せて
「仰げば尊し」を沈吟する

卒業の季節だなあ、と懐かしい別れの季節を思い出す。

大学を中退しているので、最後の卒業の思い出は高校の卒業式だ。なにしろ僕は音楽高校に落ち、二次募集でようやく國學院高校へ入れて貰った。しかしその在学中にクラシックの道に進むことを諦《あきら》め、やがてそのお蔭で巡り巡って歌手になった。当時の僕にとっては人生の岐路とも言うべき「迷い」の時間を共有したあの頃の仲間達が今でも僕を支えてくれているのだから、人間の出会いは不思議で素晴らしい。

しかし時代は随分変わった。人と人の繋《つな》がり方も、同窓やクラスメートという絆《きずな》の質も。僕らにとって「卒業歌」というと思い出す「仰げば尊し」という歌はもうほとんど忘れられた、と聞いて、「学び舎」としての学校も、すっかり変質してしまったのだろうか、と少し淋しくなる。そして学生も教師も、その関係も。思えば僕は教育の黄金時代の少年だったのかも知れない、と今の教育現場の難しさや、或いは殺伐とした空気感に胸が塞《ふさ》ぐ。

昔、「教師」は点数の取り方を教える技術者ではなく、人生の一瞬を学び舎で共に過ごす、生きることの「師匠」でもあった。僕は小学校時代から素晴らしい先生に恵まれているが、中でも高校時代の恩師・安本衛との出会いは忘れられない。二年十組は学年の問題児を集めたなどと噂《うわさ》された「はずれ組」で、しかも人数も六十八人というおそるべき吹きだまりのような大クラスだった。当時は「学級崩壊」などという言葉はなかったが、そういうことすら想像させるクラスだったようだ。学校はこの連中を抑えるために有名な暴力教師を雇った、と噂が流れた。それが担任になった国語科の安本衛だった。ホームルームでは別段何事もない、少し声が大きいだけの平凡な教師に見えたが、最初の古典の授業でこのクラスを手中に収めた。

安本は休憩時間が終わっても私語によるざわめきの止まらない教室に入ってくると、ただ、両手を腰に当てて黒板の前を檻の中の熊のように右往左往するだけだった。五分も経《た》つと、生徒達は教師の行動の異様さに少しずつ静まる。頃合いを見計らって安本は立ち止まり、「もういいのか」と聞いた。固唾《かたず》を呑んでいると、彼は「では」と一同を見回し、「これから諸君らと古典文学、いわゆる古文を学んでいく訳だが、授業に入る前に一つ言っておく。俺はな、諸君に古典のなんたるかを教えるほど古典を知らない」ときっぱり言った。一同がどっと沸いた。巧いつかみだった。「だが、諸君はその、ロッカーに隠しているであろう少年マガジン、少年サンデー、はたまたプレイボーイ、平凡パンチを読むが如《ごと》く、傍らに古語辞典さえあればすらすらと古典文学を読めるようになりたいと思ったことはないか？」。すっかり彼の術中に陥る。「俺はな、古文のなんたるかなど知らんが、諸君が将来古典文学を読めるようになるためのイロハだけはきちんと教えてやるから、黙って俺についてこい」と言い放った。これでみんなすっかり彼のこぶんになった、という洒落《しゃれ》は当時受けたっけ。

またある時、安本はこうも言った。「諸君は学校を〝勉強する場所だ〟と思っている。だから学校を出たら勉強が終わると思っている。それは間違いだ。何故なら実は学校とは〝勉強する方法を教わる場所〟に過ぎないのだ。学校を出たあとやっと、諸君は人生を懸けて自分の勉強をするのだ。だから学校にいる間にしっかりと〝勉強する方法〟を学べ、そしてそこで学んだ方法で、一生を懸けて自分のために勉強しながら生きろ」と。今でもこの言葉は僕の人生を支えている。

時代は変わり、人も変わった。学校へ行く、という意味も変わっただろうし、学ぶ、という意味合いも昔とは明らかに違う。何のために学校へ行くのか？　と問うた時、今はどのような答えが返るのだろうか。勉強とは一生を懸けてするものだ、という恩師の叫びを胸に生きていると、春、卒業、別れの季節には散りゆく桜の花びらに乗せて、ふとつい「仰げば尊し」を沈吟したくなるのである。

師は師たり、弟子は弟子たり。そんな教師は今でも存在する筈であり、そんな弟子もまた存在する筈だと信じたいのである。

卒業おめでとう。

第八小節

働く意味を失いがちな社会
名刺の肩書きは一時のもの——
目の輝きをいつまでも失わずに！

新生活のスタートを迎えた人は多いだろう。進学、就職、転勤、帰郷。しかし大いなる希望を持って進学した学生諸君の多くが、無念にもやがて志半ばにして夢を折り、逃げ込むように恋や酒やその他の遊びにその青春を誤魔化して行く姿を見るのは忍びないが、中には志を果たしてくれる青年もあるから、まあ、社会的にはこれらを冷たく〝自然淘汰〟と呼ぶべきなのか。ウミガメの子供達が海に帰って行くものの、成長して再びこの浜に戻る確率は五〇〇〇分の一とも言う。それに比べればヒトはまだ良い方か。

学生を終え、いよいよ就職ともなれば、また更に厳しい滝登り。鮎《あゆ》の、故郷へ遡行《そこう》するにも似たまさに登竜門とも呼ぶべき就職難。仮に就職してからだって、その出世争いの厳しいことったらもう。そこでもまた頑張って頑張ってある高みに上り詰めたと思ったら、やれリストラだ倒産だ吸収合併だ敵対的買収だ、では正直やる気も出ない。こういう先輩世代を見ていると、真面目に就職するのがバカバカしくなってしまうのも無理はないか。昔、東京ぼん太の流行語に「ユメもチボーも無い」ってのがあったけれど、本当にそう。生活コストが下がったから、一日百円から百五十円あったら飢え死にしない訳で、そのくらいなら仕事さえ選ばなければ幾らでも手に入る場所はある。先輩かも知れないけど、年寄りから偉そうに怒鳴られてまで給料や出世なんていらねえよって気になるのも当たり前かな？　それでフリーターが増えるのかも。「可笑《おか》しくてこんなバカみたいな下働きなんか出来るか」ってプライドが勝つ青年も多くなった。気持ちは良く解るけど、では何かやってみなさいって言われても、自信に根拠がないので実は何も出来ない。ああ、悪循環社会。それで世の中ったら、無理せずラクして儲《もう》けることばっかり考えてるみたい。勿論、そんな連中だけなら世の中動かなくなる。頑張っている連中も沢山居るんだ。

　ちょっと前に何かの調査で、働きアリの二割はサボるというデータが出てた。つまり十匹のアリの内、二匹はサボっているそうだ。それではというのでサボっているアリを取り除いてみると、やっぱり残ったアリの二割はサボり始めたらしい。もしや、とサボるアリばかりを集めてみると、なんとその集団の八割は働き始めたというから笑える。でもサボる集団の二割はやっぱりサボりっぱなしなんだな。それがそっくり人間の世界に当てはまるかどうかは定かではないが、もしかしたら案外そんなものかも知れない、とも思う。

「お前さんねえ、はたらくってのは傍が楽になるからハタラクってんだよ」という落語の一節があるが、みんな働くのは自分のためだって思うから辛くなる。自分の身の周りの人を楽にさせるために働くんだって考えたら、やる気も出るのになあ。つまり好きな人のために頑張るってのが人間一番元気が出るんだ。「借金だってそうだよ、自分のことは頼みにくいけれども、人のことなら言いやすいでしょ」と、これも落語の一節だが、自分のために頑張るのは限界があるが、好きな人のために頑張ることに限界はない。「好きな人のために頑張っているんだが、もう疲れた」というケースもあるが、その場合、その程度の愛ってこと。だからもしも自分に部下が出来たら部下のやる気を一番引き出させるのは自分が部下に心底愛されること、ということだ。難しいけど。

コンサートのひとツアーが終わり、帰京した時、仕事でお目にかかった方の名刺を並べて見ていると、その人が名刺を差し出した時の顔を思い浮かべることがある。弱い名刺を差し出す時の少し臆した顔。強い名刺を切ったあの人の自信に満ちた顔。決して名刺が仕事をする訳ではないのに。学歴、賞歴、有名、無名。人には沢山の負い目がある。しかし、長いことこんな仕事をしてきて自信を持って言えることが一つだけある。

頑張った人、頑張っている人はいい顔だ。僕はだから肩書きを見ない。その人の目を見ることにしている。目を見ればどれ程の輝きかで、その人の情熱だけは計ることが出来るからだ。名刺の肩書きは信じない。肩書きなど、一時のものだからだ。輝く人は肩書きを超えて生きている。

目の輝きを殺すな！　頑張れ、新生活！

第九小節

国旗掲揚、国歌斉唱問題——
〝心〟を失い、〝金〟を追いかける国
いっそ国旗を¥マークにしたらどうだ？

学校の卒業式で、国旗掲揚や国歌斉唱の時に起立するかしないかで揉《も》めたというくだらない話をテレビで報道していた。今、ことさらに話題にするということは、「立たせたくない」という報道上の意図によるものだろう。その証拠に、その学校の教師の一人がこう言い放ったのを放映した。「別に国のために学校を卒業する訳ではなく、生徒がこの学校を自ら卒業するのだから〝起立〟などする必要はない」と。

僕は、まだこんな馬鹿げたことで論争をしたいのか、と呆れた。生徒の自立や個人の尊厳を育てるつもりなら、何もこんなことを取り上げて教師があれこれ意見を言う必要はない。立ちたければ誰が何と言おうと立てばよいものだし、立ちたくない者に立てと言ってもそれは無駄なことだと思っている。僕は個人的に起立すると決めている。ただ、「国旗」や「国歌」にこだわりすぎるとアメリカのような恐ろしい「全体

主義」に陥る危険があるから気をつけなければならない、という危惧《きぐ》は忘れない。最も大切なのはモノや形ではなく「心」だと思う。

昔から言われるように、日本という国は周りを海で囲まれているから「国境」という緊張感を持たない。自分の国と隣国とが手を伸ばせば届く、或いは歩いて別の国に行けるという感覚がないから、逆に「自分の国」という確固たるこだわりを持ちえないのだろう。島国という安心感があるからスパイが跳梁跋扈《ちょうりょうばっこ》しても気付かない。朝鮮民主主義人民共和国の工作員など、日本に密入国して買い物をしてくるなどは自宅の庭に小便をしに行くくらい簡単なことだ、と豪語している程だ。ある意味では大らかでのんびりしていて、平和で自由な国だと思うが、国際感覚で言えば「アホを絵に描いた」ような、国家意識の「程度の低い」国なのだ。何しろ韓国国民は隣国といえども大陸の住民の一部で、その気にさえなれば歩いてパリまで行くことが出来るのだ。ということは、つまりパリからも「歩いて」こられる訳だから、強い敵が歩いてやってくるかも知れない、という恐怖と緊張は常にある。

一方、日本は一度も歩いて敵が襲って来ることはなかったし、逆に自分が行くのも大変だった。これは「竹島問題」にはっきりと現れる。韓国国民は「国を挙げて」団結して竹島問題にあたるが、おバカ国の人々は竹島が島根県にあるということさえ知らなければ、この問題がどういう意味を持つのかなど考えもしない。無敵のオバサン達はこのことでヨン様が日本に来なくなったらどうしよう、という程度の興味しか無いのだろう。つまり先の国旗国歌についても、立つ、立たぬなど中年のオッサンの夜の悩みみたいなことを言っている場合ではない。このおバカ国国民の「国家観」をどうにかしなければ、中国の首相がオーストラリアで公言したように「二十二世紀には日本という国は無くなっている」に違いない。

戦後の日本は宗主国アメリカの属国として見事に経営され、「金の卵を産む鶏」として育てられた。武器の代わりに「お金」が与えられ、心根までも換金させられた。アメリカの価値観を基準に。こうして日本では拝金主義が戸籍や権力を得、ついに「金で買えないモノはない」などと放言する人も出る。公然と言うべきでない言葉だ。

金で買える「心」の持ち主が居るのは知っているが、金で買える程度の「人の心」はまた金で余所《よそ》に売られる。それに自分の人生には金で買える程度の物しか必要がないという程、貧しい価値観や心根の持ち主ですと告白するようなもの。

今、日本で起きる事件を見れば良く解る。心が壊れた事件以外、全て金、金、金だ。

金のためにプライドを売り、金のために人を平然と欺き、金のためにフツーに傷つけ、金のために人を殺す。だから、金を持っているというだけでヒーローたり得る貧しい世の中になった。いっそ国旗を白地に「¥」にしたらどうだ？　それならみんな起立するだろう。日本という国の未来なんてどうでもいい奴はアメリカへ行け。金さえあれば、軽蔑《けいべつ》しながらも笑顔で迎えてくれるだろう。この国はこの国を好きな連中だけで「心根」の部分からやり直さないか？

僕は胸を張って「日本人です」と言いたいのであり、「おお、日本人か」とそれだけで愛される、そんな国に住みたい。

第十小節
北海道から九州まで――
全国を巡った「恋文」ツアー
春爛漫の鹿児島で再会した男は……

去年九月からのコンサート「恋文」もいよいよ最後の九州ツアーを迎え、僕は今、鹿児島に来ている。

旅の中で生活をしていると各地方に沢山の友人が居てそれがまた楽しい。最近の友人、古くからの仲間と様々で、そんな人に会う喜びもまた旅の楽しみの一つ。

そうそう、昔、僕のコンサートスタッフの運転手で幸野博司という良い男が居た。安岡力也さんの「ホタテマン」が流行《はや》った二十年も昔。当時の幸野はその「ホタテマン」に似ていると、仲間から「ホタテ」と呼ばれていた。

ある日、高知から京都への移動日、僕はホタテのトラックの助手席に乗り、徳島まで行くことにした。大親友で兄貴分の平井のイサムちゃんが野球で足を骨折し、入院中。彼を見舞ってから京都へ行くつもりだったが、道ばたの「四国カントリー穴吹コース」という看板に虫が騒いだ。ゴルフを始めたばかりで面白い盛りだった。で、「一度もやったことが無いです」と言うホタテを説得してトラックでゴルフ場に乗り付けた。「四トン車でおいでになった方は初めてです」。キャディーさんが大笑い。徳島で幾ら待っても来ないと心配していたイサムちゃんはこの話に爆笑した。

ホタテは心根の優しい男だが、短気ですぐ喧嘩《けんか》をした。それで困ったこともある。大阪で数日間コンサートをやっていた、ある夜中の三時過ぎだった。熟睡していた僕をフロントマンが申し訳なさそうに起こし、「スタッフの方がタクシーの運転手さんと揉めているので止めに来て下さい」と言う。吃驚して出て行くとホタテが運転手さんと言い争っている。「どうした?」と声をかけたら、僕の姿を見たホタテは「何故まさしさんを呼んだ!」と更に荒れ狂う。酔っている以上はきっとホタテが悪いと見て、ひとまず彼を叱る。「酔っているお前は話にならん。部屋に居ろ。後で話をする」と諭して部屋へ帰し、運転手さんとロビーの応接で話した。どうやらホタテが「距離が近いからといって態度が悪い」と怒り、言い争いの後、降り際に勢いで車のフェンダーミラーをへし折ってしまったのだ。こりゃ全く何しろホタテが悪い、と、僕は平謝りに謝った。運転手さんは良い人で、どうやら怒りを収めてくれ、ミラーの弁償だけで許してくれた。翌日、修理代五万五千円を僕が立て替え、ホタテは弁償金を毎月五千円月賦で僕に返した。この晩、結果、僕を呼んだことは正解だったけれど、ふと不思議に思って「何故マネジャーではなく、僕に連絡を？」とフロントに聞くと、言いにくそうに「すみません。他はどなたもお留守でした」と言う。これには思わず吹き出した。僕以外のスタッフはまだ外で呑んだくれていたのだ。

その後、ホタテは運搬会社の都合で僕のツアーから離れ、別のツアー担当になり、やがて運転手をやめ、業界から姿を消した。それから随分長い間消息を知らなかったのだが、数年前に突然、鹿児島のコンサート会場に焼き鳥を持って現れたのでひどく驚いた。

「まさしさん、ご無沙汰《ぶさた》しています」。すっかり穏やかな大人の顔で笑いながらホタテは「今、焼鳥屋で修業中です」と言う。僕らはその晩早速、ホタテの修業する焼鳥屋へ大勢繰り出して呑む。昔話に花が咲き、誰かが大阪のタクシー事件の弁償の話をするとホタテは恐縮して赤くなった。

そのホタテが数年前、鹿児島の七味小路に「鳥人《とりんちゅ》」という小さな店を持った。それですぐお祝いに行った。心遣いの行き届いた店だった。じっと奴の仕事を眺めていると、笑顔で客に調子を合わせながら、仕事をする時の目の奥や手元は本当に誠実だった。ほう、と思わず感動して唸《うな》った。「お前、凄《すご》くいい顔になったね」と言うと、「またぁ。やめて下さいよぉ」と照れた。

実はホタテは今朝も東京から飛行機で鹿児島に来た僕を迎えて一緒にゴルフ。仕込みが出来ずに休業。夜も奴の親友の店で一緒に呑んだ。明日はコンサートに来るから休業。店は大丈夫か？　と聞くと、僕のマネジャーの廣田をちらりと見ながら含み笑いで「朝まで帰らないお客が来るのでどうせ明日は仕込みが出来ずに休業ですから一緒です」。「こりゃすまん。弁償するか」と言うと、「もう弁償の話は勘弁して下さい」と笑う。

春爛漫の鹿児島。心地よい風が吹いていった。

主人公

時には思い出行きの　旅行案内書《ガイドブック》にまかせ
「あの頃」という名の駅で下りて「昔通り」を歩く
いつもの喫茶《テラス》には　まだ時の名残りが少し
地下鉄《メトロ》の駅の前には「62番」のバス
鈴懸並木《プラタナス》の古い広場と学生だらけの街
そういえば　あなたの服の模様さえ覚えてる

あなたの眩しい笑顔と
友達の笑い声に

抱かれて　私はいつでも
必ずきらめいていた

「或いは」「もしも」だなんてあなたは嫌ったけど
時を遡る切符《チケット》があれば欲しくなる時がある
あそこの別れ道で選びなおせるならって……
勿論　今の私を悲しむつもりはない
確かに自分で　選んだ以上精一杯生きる
そうでなきゃ　あなたにとてもとてもはずかしいから

あなたは教えてくれた
小さな物語でも

自分の人生の中では
誰もがみな主人公
時折思い出の中で
あなたは支えてください
私の人生の中では
私が主人公だと

主人公　from「帰郷」

「自分の人生の中では自分が主人公なのだ」などということは当たり前の話で、自信を持って生きている人にはこの歌は不要だろう。中には「お前の人生の中でも俺が主人公だ」というふうに強気で生きている人も多いからだ。

　僕の学生時代の友人でこんなことを言った男が居る。「宇宙は大きい。しかし、宇宙が大きい、と認識しているのは俺自身である。つまり、俺が消えた瞬間に俺の中で宇宙は消滅する。従って、俺の存在の方が宇宙よりも大きいのだ」。いわゆる弁証法、といってよいのだろうが、成る程、そういう自分への励まし方もあるのか、と感心した。

　しかしなかなか、そう開き直って生きられるものではない。発表以来、ファンによるアンケートで、ずっとこの歌が首位を走り続けている、という事実を思えば、おそらく多くの人が自分の人生への不安におののきながらなかなか自信を持てないで恐る恐る生きているのだ、ということが伝わってくる。

　しかし、どれ程ささやかな人生であろうとも、他人の人生を代わりに生きることなどあり得ない。派手に生きているように見えようとも、慎ましすぎる生き方に見えようとも、自分自身の人生なのだ。大きな人生など無い。人の評判や評価などとは無関係に、実は皆、小さな人生を精一杯に生きているのだ。勿論誰にも後悔はある。「あの時こうすれば」とか「もしもあの時の結果がこうであったら」と誰でも思うことがある。

しかし、僕には信じていることがある。

これも弁証法だと言われるかも知れないが、それはこういうことだ。人にはきっと超能力が与えられている。それは火をおこしたり、スプーンを曲げたりすることではなく「人生の三叉路にさしかかった時、必ず、自分にとって良い方を選ぶ」という能力なのだ。ということはつまり、右の道を選んで失敗した、ああ、左へ行けば良かった、という後悔は間違いだ、と。右へ来て「失敗」したなら、左へ行っていれば「大失敗」しただろう、と。

僕は悩む時にそうして自分を励ますことにしている。そうして自分の失敗を笑うことが出来たら、そこで足が止まってしまうことはない。どれ程痛い思いをしても「進む勇気」を得ることが出来るからだ。

そうしてまた転び、また傷つきながら、「進む勇気」を手放さない。「決して諦めずに」生きることこそが、自分を産んでくれた親への感謝だと信じているからだ。

第十一小節
消滅していく小さな「村」
私の町、私の国——
その誇りや愛を失くしたくない

先日、長野県松本市にコンサートで出かけた際に吃驚することを聞いた。「美ヶ原から上高地まで四月から松本市内ですよ」と。

僕は驚いてひっくり返った。つまり、周辺の梓川《あずさがわ》村、四賀《しが》村、奈川《ながわ》村、そして安曇《あずみ》村が四月一日に松本市に編入される形で合併してしまったからだ。まさに美ヶ原の辺りから上高地、それに去年話題になった白骨温泉までみーんな松本市になっちゃったのだ。

このところの市町村合併の嵐は凄《すさ》まじい。

国の財政が厳しくなり（その割には社会保険庁の五兆九千億円の無駄遣いなどアホみたいな損金はあるのだが）、地方に対する国の援助金とも言うべき「地方交付税」が著しく減額され続け、少子化の影響で財源も減る。お蔭で経済的に弱い地方自治体はますます追いつめられ、中にはいわゆる「破産状態」に追い込まれるような所もあり、ざっくばらんに言えば、弱い者同士が肩を寄せ合うような「合併の嵐」になった訳だ。建前上は地方分権や地域福祉の充実等と言うが、実際はみんなが集まることで財源を少しでも大きくしようということなのだ。そのせいでどんどん小さな「村」が近在の都市に吸収されるように消滅してゆく。

さて、これは良いことなのだろうか？　たとえば先に記した松本市の場合、一市四村の合併で、面積はそれまでの四倍になるのに人口は三万人増えるだけ。故郷の名前は消え、近在の都市の名前になる。故郷の体温が奪われるようではないか？　あたかもこれは新幹線が通ったことで在来線が消え、停車駅になった幾つかの町に都市機能や人口が集中するのに似て、何だか寂しい。

僕はかつて、岐阜県谷汲《たにぐみ》村の「名誉村民」にして貰ったことがある。村が元気にならないか、と「イメージソング」を依頼されて歌を作ったご縁からだ。その谷汲村も現在は春日《かすが》村、久瀬《くぜ》村、藤橋《ふじはし》村、坂内《さかうち》村と共に揖斐川《いびがわ》町の一部になり「村」は消えた。地方自治体が強く豊かになることは素晴らしいが、愛しい故郷の名前が消えるのは寂しかろう。

僕は故郷に対する愛着が強いせいか、昔の名前を勝手に変えることが許せない。土地の呼び名には土地の歴史や愛が詰まっていると思うからだ。町名変更など、許してはいけない悪行なのだ。東京でもアークヒルズなどと呼ぶようになった六本木坂下は昔は簞笥《たんす》屋の町で「簞笥町」と呼ばれた。僕にはアークヒルズより簞笥町の方が素敵に聞こえる。狸が住んでいた山を切り開いて「夕陽丘」などと漫画みたいな名前を付けるのも嫌いだが、由緒ある町の名前を行政の整理上の都合で勝手に何丁目何番地などと無味乾燥な数字にするのは愚かとしか思えない。南セントレア市なんて、くそくらえだ。僕はその町の歴史や思い出を踏みにじる考え方に対しては、町への愛やプライドはないのか！　と叫びたくなる。

そうだ、今、日本人に一番欠落しているのは「誇り」かも知れない。私の町、私の国。無政府主義のような無国籍人なんか要らないから外国にでも行け！　って怒りたくなる。三年前に奈良県の十津川《とつかわ》村に行ってこの村を大好きになった話をしよう。

十津川村は奈良の南端。面積は琵琶湖くらいの日本一大きな村。標高千メートル以上の山が十九峰。世界遺産・熊野古道の大半を抱える。ダムは黒部の四倍の水量を誇る。偶然仲良くなった村長や助役さんと一晩呑んだ。人口は五千人弱だが一切合併する気はない、と言う。奈良市内から三時間はかかるという不便さなのに高速道路を通す気もない、と言う。僕が何故？　と尋ねたら村長が胸を張って言った。「この村に高速が通ったら、みんな一寸《ちょっと》見て通り過ぎるだけ。そんな客なんかいらない。この村が好きで、面倒で不便なこの村にわざわざ来た、っていう客だけで良いんだ。確かに財政は苦しいが、合併なんかまっぴらだ。誇りを失いたくない。高速なんていらない」と。僕はひとり感動して拍手をした。「でもな」と村長は言った。「村の人は便利が良いんだ。もっと村を豊かにしたいしな。頭痛の種さ」と。これも現実。生きることは綺麗事ではない。そんなことは解ってる。だから今こそ、僕の根っこを確認したいと思うのさ。

僕はだあれ？　なに人で何処に生き、何をしたいの？　ってね。

そうだ、次の休み、故郷に帰ろうかな。

第十二小節

尼崎・列車事故から一ヵ月――その報道のあり方への疑問と「強い善意」の存在について……

ＪＲ西日本、福知山線の忌まわしい事故から一ヵ月になる。

事故直後の報道と時間が経ってからの報道との間にはかなり違いがあるようだ。一番大きな変化は〝運転士責任〟一点に傾きかかっていた事故原因が、その後の調査で、機械的欠陥や会社自体の精神風土や経営構造という〝複合的〟なものに向かっていったことか。無論まだ真実は定かではないが、原因を徹底的に追及し、責任をはっきりさせることは、二度と繰り返さないために重要なこと。この古今未曾有の列車事故によって未来を奪われた多くの被害者の無念を思えば言葉もなく、ただ涙して合掌し、ご冥福を祈るばかりだ。

また、同じ車両にいて助かった方々の「何故自分だけ助かったのか」という心の苦しみに接する時、人の命や心の重さと事故の衝撃の根深さに慄然《りつぜん》とする。衝突されたマンションに住む人にも同じ傷は刻まれた筈。誰が悪かったかを追及して責め立てることばかりが調査報道の目的であってはならないが、調べれば調べる程湧き起こる言いようのない怒りの「行き場」を求めるのもまた人の心の有様かも知れない。庇《かば》う気はさらさら無いが、事故当日ボウリングに行った人、ゴルフをした人、宴会に及んだ人、懇親会に現れた議員さん、その一人一人には、決して悪意など無かったろう。悲しむべきは長い間に緩んだ心と現実や事態に対する想像力、認識力、そして責任感の不在、つまり「強い善意」の不在なのだ。

一方、あの修羅場で「強い善意」を発揮した人々もある。仕事を止めてまで駆けつけ、警察や消防に引き継ぐまで救助に当たった事故現場近くの会社とその社員がある。要は普段の「仕事」や「人生」と向き合う視野と姿勢の差なのだ。無念だが日本中には今「強い善意」が圧倒的に不足している。それは報道姿勢にもはっきりと現れているのだ。

たとえば事故現場の上空を取材ヘリコプターが轟音をあげて絶え間なく飛ぶ。音はかき消されて何も聞こえない。救助隊員が僅かな人の声や物音に耳をとがらせている現場でだ。レンタルのクレーンを並べて上から画像を撮る。そのための場所取り合戦。

中でも被害者の親族や友人に群がってマイクを突きつける姿に僕は「善意」など全く感じない。斎場でも、何も喪服を着ろとまでは言わぬが、せめて弔意を示す喪章やリボンを着用する程度の配慮が何故出来ないのか僕には理解出来ない。被害者家族に強引に聞く「今の心境」など分かり切っていること。それは「知る権利」でも何でもない。プライバシーに属することだ。だから、晒《さら》し者になる事を拒絶したり、逆に取材陣に怒ったりする人がいるが、それは放映されず、協力者だけが「温かく」紹介される。自分がそうされたらどんな気持ちだろう、という想像力も認識力も、時には感情すら感じないことがある。

他局の流していない情報を、早く沢山流すこと、現場を生々しく映し出してみせることだけが果たして「報道」の使命なのだろうか。この疑問を知人の地方局ディレクターにぶつけてみた。元報道記者だった彼は辛そうに僕の怒りに同意する。それは、事故、事件、災害、どの現場でも感じることだ、と彼は言った。東京のキー局は番組ごとに別の班を送り込む。予算も沢山あるだろうから、それぞれ自分の番組ごとに別の道具やネタ、都合の良い取材協力者を探すが、一局一班で済むことかも知れない、と彼は肩を落とす。だが、地方局はキー局に意見など言えない。また現場に居れば他に遅れまいという強迫観念から冷静さを失う。極限の興奮状態だから、可哀想だと思っていてもご遺族に群がってしまうのだ、と。

成る程。僕は彼に謝罪した。これは取材陣だけの責任ではない。結局テレビを「見る」側の心根の卑しさの現れなのだ。「可哀想」と呟《つぶや》きながら好奇の目を輝かせるミーハーさ、深く考えもせず責任を自分以外の誰かに押しつけ、痛くも痒《かゆ》くもない薄情さ。これは今を生きる日本人の心根の卑しさそのものなのだ。

かくて世の中に起きるのは「悪しき連鎖」ばかり。

何処かでみんなで腹をくってやり直さないと、この国の心はもうすぐ滅びてしまう。この悲しい連鎖を「善き連鎖」に変えるために、僕らに今切実に必要なのは「強い善意」なのではないか、と思う。

第十三小節
花嫁の手を引く初老の父親――「親父の一番長い日」と故・山本直純先生の思い出

故・山本直純先生は天才で、三十年前、ベートーベンの一番から九番までの交響曲の総譜を完全暗譜していた数少ない指揮者の一人だった。遊びでその全曲のさわりだけ集め、交響曲四十五番「宿命」（一から九まで足した数。抱腹絶倒）を作ったり、かと思えば作曲家としても、映画「男はつらいよ」の主題曲を作り、ＮＨＫのテレビ小説「おはなはん」の音楽、大河ドラマでは「風と雲と虹と」や「武田信玄」も担当し、また「3時のあなた」や「ミュージック・フェア」のテーマなども手がけ、臨機応変、融通無碍《ゆうずうむげ》で明るく楽しく優しい大天才だった。僕とも映画「二百三高地」の主題歌「防人の詩」や「親父の一番長い日」など一緒の仕事は五指に余る。これら交響曲四十五番「宿命」から「大きいことはいいことだ」等の懐かしいＣＭソング、ドラマ、映画、番組のテーマだの僕の歌だの、直純さんの仕事をぜーんぶ集めて「人生即交響楽」という八枚組の豪華な本とCDによる全集が出来たので凄く嬉しい。

直純さんはオーケストラの楽団員の生活のことばかりを考えて生きた人。食えなければ良い音楽は出来ない、とずっと奔走し続けた。軽井沢音楽祭に呼ばれた時、僕は直純さんに「長い歌を書け」と命じられた。しかも「全国の親父共を泣かせろ」と。「長い歌」は長いだけでは意味がない。「必然」と「意味」が必要だ。更に「全国の親父」を「どうやって」泣かせろ、というのだ！　僕はなんて無茶な、と恨んだものの、売られた喧嘩は買う主義なので平然と「分かりました」と言った。

ところで、軽井沢という高級な場所など九州の田舎者の僕は行ったことがないので、近所に住む兄貴分の建具屋カトーに相談をした。そうしたら建具屋カトーが脅かす。「ばあか、お前みてえな田舎モンの貧乏人が軽井沢なんぞ行ってみろ。大変だぞ」「ど、どう大変なの？」「そらお前、改札で預金高なんか調べられてよ」「まさか」「そんで、この、貧乏人めえ、無礼者、ってんで、白樺の木なんかに縄でくくりつけられてよ、蟻かなんかに喰われっちまえ」「火焔太鼓だねどうも」

実は少しびびった僕は、こっそりと梅雨時の軽井沢まで下見に出かけたのだ。別に改札口での預金チェックもない、静かで美しい町だった。軽井沢には白樺や唐松の林を、和服を着た若い愛人に腕を支えられ、軽い咳をしながら散歩する老小説家がうようよ居ると思っていたが、よく考えればそんな筈もない。

さてここで過ごしていた週末、貸し自転車でうろついていた雨上がりの昼頃、小さな教会の小さな結婚式に出くわしたのだ。この時、僕は娘の腕を取り、静かにゆっくりと歩く初老の父親の背中に思わず泣かされてしまった。折からまさにジューン・ブライド。そうして、この一家のこれまでのドラマを想い、少女が成長し結婚するまでの長い物語を想った。これが「親父の一番長い日」という曲になった。十二分三十秒の歌だった。

やがて真夏の初演の日、直純さんは交通事故を起こし軽井沢に来られず、直純さんの大親友・岩城宏之先生が代演された。皇太子様ご一家をお迎えした軽井沢音楽祭での、この歌の初演。実は共演は岩城先生だったのだ。「関白宣言」が大ヒットしたのは、その翌年の夏で、この年、直純さんとオーケストラと一緒に歌舞伎座で初めてのコンサートをやり、この時のライブ「親父の一番長い日」が秋に大ヒットした。僕の父の誕生日に発売、というのも直純さんのアイデアだった。

直純さんとは不知火《しらぬい》を観に熊本へ一緒に旅もした。鮎の手摑《てづか》みやメロン狩りのような贅沢《ぜいたく》もした。桜の下で毎年酒を呑んだ。師であり、兄であり、父であり、親友だった。最後に一緒に呑んだのは七年前、僕とオーケストラが共演したコンサートのアンコールに現れ、「親父の一番長い日」を指揮した晩だった。終演後二人で音楽家の集まる店に行き、僕はヴァイオリン、直純さんはピアノで「金婚式」を一緒に弾いた。それが最後だった。

楽団員の生活ばかりを考え生きたが、無念にも音楽的には正当に評価されずに逝った「天才・直純の仕事」、是非沢山の人に聴いて欲しいと願う。

第十四小節
跡を絶たない卑怯卑劣の犯罪者
「敬意など、くそくらえ」――
そんな時代の風潮に〝源流〟を見た

告白するが、僕は車の中で叫ぶ。いや、大声で歌う訳ではない。「お行儀の悪い」連中に罵詈《ばり》雑言《ぞうごん》を浴びせるのだ。

実際、東京はお行儀の悪い連中で満ち溢れている。最初は紳士的に呟いていた。「あーあ、お母さん、信号赤ですよ。いや誰も通ってなくても」「おーお、要領よく割り込むねえ。五百メートル以上前からはみ出し禁止の黄色の線だ。皆、十五分以上渋滞を我慢してるんだぞ。確信犯か。狡《ずる》い生き方だなあ」と。道路交通法は現場に存在するのではなく、交通担当警察官が「持ち歩く」訳だから、違反でも見つからなければ反則にならない。しかしこういう「捕まらなければ良いだろう流」の小狡いルール違反者の余りの多さに、ある日キレた。「割り込むな！　ワカゾー！　ボケぇ！」「えぇい！　オバサン死にてえのかぁ！」「くおらぁ！　轢《ひ》くぞ小娘！」と、はしたなく叫ぶ。

勿論、命懸けで違反する人など居ないのは解ってる。だが、どれ程歩行者が悪くても事故になれば車の責任という傲《おご》りや計算にも腹が立つ。さもなくば大きく「わたるな」と看板の立つ歩道橋下のガードレールをまたいで渡ってくる訳がないのだ。またそれをぼーっと見ている警察官。明らかに交通違反なら当然取り締まるべきなのだが、無念にも違法歩行者の取り締まり方が明確ではない。しかし「無視」はないだろう。「警告」「注意」または「説諭」は当然だ。

一度、警察官に抗議した。「何故あの悪質歩行者を〝指導〟しないのか。また今、明らかに右折禁止を違反した車を何故見逃すのか」。彼は胸を張った。「自分は交通担当ではない」。膝が折れた。

日本の心が駄目になった理由の一つはこういった「建前」や「分担制」が生み出した〝責任感の拡散〟にある。秩序の番人がそうだから運転者も歩行者も責任感が拡散して身勝手なのだ。確かに交通違反は殺人や窃盗とは基本は異質だ。では「交通マナー」という言葉もあるくらいだから、と「礼儀」という言葉を広辞苑に尋ねたら〝社会生活の秩序を保つために人が守るべき行動様式。特に、敬意をあらわす作法〟とあった。

成る程そうか。「平和ボケ」「安全ボケ」の現代では「社会生活」という枠組みや概念が失せ、「秩序保守」という緊張感が奪われた。行動様式の多様化で「心で譲り合う」という、共通の「作法」まで消えて「敬意など、くそくらえ」の時代になった。つまり「礼」が消えた。そして「自分の都合を押し通す」ことこそが「作法」で、この利己正義は自分の心の中だけにある身勝手な「自由」と呼ぶ法律によって「自分だけが」守られているのだ。マナーより都合だ。

それで解った。

子供を産むのは勿論当然の自由だが、子育てが辛くなって捨てるのも自由。男と暮らすのに邪魔になって殺すも自由。またその犯罪に「悪意」や「犯意」が希薄という恐ろしさ、痛ましさ。犯罪が発覚した後に初めて罪に気付くという「心の未成熟な殺人者」が増える悲しさ。初めは小さな水漏れだった筈だ。「赤信号だけど、まあいいや」程度の。やがて水は堤防をえぐる。「信号？　守る必要は無い」。水は警戒水位に近づく。「捕まらなきゃいい」。この頃には何のためのルールか、何故大切かという心の「判断力」は既に麻痺している。やがて堤防が崩れ、「事件」や「事故」となる。

そう、「ゆるみ」だ。最初の「ゆるみ」に早く気付けば元に戻すことは容易《たやす》いが、「まあこのくらい誰でもやっているから」が怖いのだ。弱い自分は他人の弱さやゆるみを支えにする。〝悪貨は良貨を駆逐する〟グレシャムの法則は人の心にも当てはまるのだ。そして潮干狩りで、たった独り満ち潮の沖合に取り残されたような、とんでもない所にいる自分に気付くが、もうその時残されたのは自分の心が作った浮く筈のない幻想の泥船だけなのだ。

いや、世の中が全てこのような人々ばかりではないのは勿論だ。哀しい程誠実に生きる沢山の人が居る。切ない程丹精して子供を守り育てる母が居る。父が居る。それらの人々を嗤《わら》うように身勝手を押し通す一部の連中が許せない、と僕は車の中で怒鳴るのである。宇宙人のような異質で異常な価値観を持つ卑怯卑劣の犯罪者を見るたびに、僕の心が音を立てて軋《きし》むのである。そのストレスを今日も叫ぶのである。嗚呼！と。

風が伝える愛の唄

風に立つライオン

突然の手紙には驚いたけど嬉しかった
何より君が僕を恨んでいなかったということが
これから此処で過ごす僕の毎日の大切な
よりどころになります　ありがとう　ありがとう

ナイロビで迎える三度目の四月が来て今更
千鳥ヶ淵で昔君と見た夜桜が恋しくて
故郷ではなく東京の桜が恋しいということが
自分でもおかしい位です　おかしい位です

三年の間あちらこちらを廻り
その感動を君と分けたいと思ったことが沢山ありました

ビクトリア湖の朝焼け　１００万羽のフラミンゴが
一斉に翔び発つ時　暗くなる空や
キリマンジャロの白い雪　草原の象のシルエット
何より僕の患者たちの　瞳の美しさ

この偉大な自然の中で病いと向かい合えば
神様について　ヒトについて　考えるものですね
やはり僕たちの国は残念だけれど何か

大切な処で道を間違えたようですね

去年のクリスマスは国境近くの村で過ごしました
こんな処にもサンタクロースはやって来ます　去年は僕でした
闇の中ではじける彼等の祈りと激しいリズム
南十字星　満天の星　そして天の川

診療所に集まる人々は病気だけれど
少なくとも心は僕より健康なのですよ
僕はやはり来てよかったと思っています
辛くないと言えば嘘になるけど　しあわせです

あなたや日本を捨てた訳ではなく
僕は「現在」を生きることに思い上がりたくないのです

空を切り裂いて落下する滝のように
僕はよどみない生命を生きたい
キリマンジャロの白い雪　それを支える紺碧の空
僕は風に向かって立つライオンでありたい

くれぐれも皆さんによろしく伝えて下さい
最后になりましたが　あなたの幸福を
心から遠くから　いつも祈っています
おめでとう　さようなら

風に立つライオン　from「夢回帰線」

尊敬する柴田紘一郎医師がアフリカで巡回医療に従事した時代の思い出を元に作った歌だ。

彼は小学校時代に叔父さんから「アフリカの父」というシュバイツァーの伝記を与えられ、それに感動して医師になる決心をした。だから長崎大学医学部で医師になった後も彼は自分の原点にこだわり、ケニアへ出かけて医療を行ったのだった。

僕が出会ったのは彼がアフリカから帰った年で、僕は無名のアマチュアの歌手だった。彼の語るアフリカに惹かれ、どうにかその感動を歌にしたいと思い続けたが、力不足故になかなか出来ず、完成までに十五年を要した。日本に残してきたかつての恋人に宛てた手紙というのは勿論架空の設定だが、患者への思いや望郷、またアフリカの大地の雄大さや医療上の切ない苛立ち、そして逆風の中にあっても胸を張って生きてゆくのだ、という「決心」と「志の高さ」は柴田医師そのものであり、彼の人柄そのものだ。「先生の歌が出来ました」とデモテープを送った時、彼は素晴らしいと褒めてくれ、自分のアフリカが何らかの役に立てて嬉しいと喜び、この歌は架空だが、本当の医師の志を歌ってくれているという感想の後、「僕もこの歌の、あなたのライオンに近づきたい」と結んであった。自分がモデル本人であるにもかかわらず、これは全く自分ではなく、自分が関わったのは歌を作るヒントだけだという、まことに柴田医師らしい謙虚で慎ましい手紙に感動したのを忘れない。この歌はその後、医療に従事する人々に温かく受け入れられ、「心ある医療人」の応援歌になった。また、青年海外協力隊に参加してアフリカで頑張る人々の支えになっている、とも聞いた。鹿児島の堂園晴彦先生はＮＰＯ法人「風に立つライオン」を設立し、ボランティアによる途上国への医療支援や日本人医師の志を高めるための活動をされている。前・諏訪中央病院長の鎌田實先生や今も諏訪市内で診療所を開きながら僻地医療を続ける小松道俊先生らはこの歌を聴いて「俺らもライオン程じゃねえけどさ、ま、八ヶ岳に立つ野ウサギって程には頑張らなくっちゃな」と自らを勇気づけて活躍しておられる。このお二人の活動に感動した僕は後にお二人のために「八ヶ岳に立つ野ウサギ」という曲を書いたくらいだ。

いずれにせよ、たかだか一つの歌が、誰かの心の支えになることがあるのだ、命懸けで作らねばならぬ、と改めて自ら身の引き締まる思いがする。失望させられることの多い日本の医療現場だが、患者のために必死で頑張る、そんな心ある医療人も決して少なくないのだ、と伝えたい。

第十五小節
深い荒野に独りで道を造った男
——大リーガー・野茂英雄投手
日米通算二〇〇勝の大記録に涙

タンパという町のことは子供の頃から知っていた。

ジュール・ヴェルヌという作家の「十五少年漂流記」を読んだのが小学校の二年生の夏で、これに感動した僕は次の正月に貰ったお年玉でジュール・ヴェルヌの「月世界旅行」という本を自分で買った。この話はアメリカのフロリダにあるタンパという町が舞台で、ここの地下に井戸を掘って発射台を造り、大砲の弾のような物の内側に乗った人をあたかも大砲の弾を撃つ要領で発射し、その砲弾に乗り込んだ人が月を廻って戻ってくる話だ。実際、大人になるにつれ、フロリダのタンパという町が赤道に近く、ロケットの打ち上げに適しているということや、現実にタンパのすぐそばのケープ・カナベラルにケネディ宇宙基地が造られたりするのを見るにつけ、〝ジュール・ヴェルヌ〟という人がいかに凄い人かを思い知るのだが、今回はその話ではない。

まさか近年、その町にメジャーリーグの球団が出来、そこに僕の尊敬する日本人選手が所属することになろうとは夢にも思わなかったのだ。その選手の名は〝野茂英雄〟。そう、現在タンパ・ベイ・デビルレイズで頑張っている我らが野茂である。

野茂英雄は実業団を三年経験した後、当時プロ野球ドラフト史上最多の八球団競合という指名を受け、クジ引きで今はもう無い近鉄バファローズに入団した。いきなり十八勝を挙げて最多勝、最高勝率、最高防御率、新人王、MVP、沢村賞、ベストナイン、奪三振王の八冠に輝いた史上最高の投手だった。その後四年続けて最多勝投手に君臨したが、球団の指導者との折り合いが悪くなり、五年目で退団。日本に居づらくなった野茂はメジャーリーグに挑戦するためにアメリカに渡った。

あの時、彼が日本を離れた騒ぎを僕は今でも覚えている。マスコミ全体の扱いも「指導者に反逆して日本を棄てたわがまま選手」という扱いが主流で（勿論そうでない報道もあったが）、評論家の論調も「野球の本場で通用する筈がない」という、割合冷ややかなものだった。実はその年のメジャーリーグは前年の「選手の報酬を巡るトラブル」から始まった長期ストライキの影響で観客からすっかり見放され、野茂が入団したロサンゼルス・ドジャースも球場はガラガラ。アメリカの国技と言われた

〝メジャー野球〟の、実は最大の危機だった年だ。そこへ「トルネード（竜巻）投法」をひっさげて颯爽《さっそう》と出現した魅力的なヒーローに全米が熱狂し、人々は球場に帰って来たのだ。

そう、孤高の日本人の野茂はたった独りでなんとアメリカ野球を救ったのだった。野茂がメジャーでも新人王に選ばれたこの年、アメリカの新聞の記事にこういうふうな表現があった。曰く「近年日本からの最高の輸入品だ」と。野茂は一躍アメリカン・ヒーローになった。しかしその後、解雇、怪我、手術などの苦難に遭い、それを乗り越え、アメリカン・リーグ、ナショナル・リーグを行き来し、六球団を渡り歩くことになったが、二十九球団から勝ち星を挙げ、両リーグでそれぞれノーヒットノーランを達成したメジャーでも歴史的で偉大な投手になった。その野茂がとうとう日米通算二〇〇勝を達成した。この日、僕はこっそり中継を見ながら泣いた。感動した。そして、もしも彼がアメリカへ行かなければ、と想像した。更にあのような素晴らしい活躍をしなければ、と。

野茂と最初にコンビを組んだキャッチャーのマイク・ピアザがお祝いコメントで言ったとおり、野茂の活躍が無ければおそらくイチローも松井も井口も大塚も無かったのではないか、とすら思う。「開拓者」という言葉を皆軽々しく使うが、野茂は誰も歩かなかった深い荒野にたった独りで道を造ったのだ。そこに男として憧れ、尊敬する。口べたの野茂は「二〇〇勝は（日本での成績を加算したに過ぎないが）応援してくれた人のお蔭。ほっとしている」とだけ照れながら言ったけれど、日米通算二〇〇勝という前人未到の彼の足跡に咲いた日本人選手という名の繚乱の花の活躍を見るにつけ、最初に、孤独にそこを歩いた男の偉大さを思う。僕はもっともっと日本は野茂を讃えるべきだと思う。彼の活躍に日本人として感謝したい。

ありがとう。野茂！　二〇〇勝、本当におめでとう!!

第十六小節

心が疲れた時に委ねてみよう　桜の花びら、ボタン雪、蛍……　秒速五十センチというおだやかな時間

秒速五十センチ。昔、随分この速度にこだわった時期があった。

無風状態で桜の花びらが舞い落ちてくる速度だと何かの本で読んだのだ。成る程桜は、はらりと揺れながら多分そのくらいの速度で落ちてくる気がする。そこへもう一つのデータ。無風状態でボタン雪が落ちてくる速度がやはり秒速五十センチ。冬の象徴の「雪」と春の象徴の「桜」の舞い落ちる速度がほとんど一緒だ、と気付いた時、ふと「日本」に流れるおだやかな時間を計ることが出来たような気がした。尤《もっと》もこれらは上から落ちてくる速度なのでイメージしにくいが、歩いてみるといい。秒速五十センチで歩くと、一分間に三十メートルという計算になる。休まず歩き続けて一時間に千八百メートル。なかなか感じのいい速度だ。ちょうど心を許しあったカップルが互いの腕を取り、浜辺を散策する速度ではないか？　何気なく寄せる波や沈む夕日を

見るために立ち止まったり、話をしながらゆっくりと歩く速度だ。またそれは老夫婦がのんびりと散策する速度だろう。足下に咲く花の色を見て歩をゆるめ、時々振り返って近くの山の緑を観る。つまり理想的な散歩速度なのだ。

これが日本に流れている特徴的な時間の流れだとするならば、この国には他にも無数の「秒速五十センチ」が共存する筈だと考えた時、僕はふと、もう一つの秒速五十センチに思い当たった。そう、夏の象徴「ホタル」の飛行速度だ。実はホタルは飛ぶのが下手な虫だ。風のある日は空を飛ばず、草の根でじっとしている。そして湿気の多い無風に近い夕暮れ、雌雄が互いの相手を探して空に舞い上がる。実はこの、無風状態でのホタルの舞い上がる速度や、ゆらゆら揺れながら飛ぶ速度がおよそ秒速五十センチに近いという。暗闇の中で明滅しながら飛ぶ秒速五十センチ。なんとも幽玄で美しいではないか。で、今回はホタルの話。

ゲンジボタルは肉食だ。幼虫の頃、水の中で暮らし、川蜷《かわにな》という貝を食べて大きくなる。この川蜷は水が汚れたら死滅する弱い貝。つまり水が汚れたらホタルが棲《す》めなくなるのではなく、餌《えさ》になる貝が無くなるから生きていけないということだ。夜、ホタルの幼虫の棲む辺りへ行くと、水の中に光る小石のような物が見える。幼虫の頃はずっと水の中で光り続けているのだ。やがて一年が経ち、成虫になるための体力がついたら水から出て羽化し、空気呼吸に変わる。すると呼吸の度に体内で光を遮断する幕が下りる。これが明滅する理由だ。子供を作るために必死で相手を探す。そのために光る。実は夜光ることは非常に危険だ。捕食者への分かりやすい目印になるからだ。ところが前述したように幼虫時代は肉食なので体臭が強く、捕食者（たとえばクモや鳥）には「まずい」のだという。そう言えば、見ていると巣にかかったホタルをクモは食べようとしない。「まずい」から大胆に光ることが出来る、奇妙な防衛策だ。

さて、ホタルが成虫になってから子供を作るためだけに生きて死ぬまでの時間は自然界でおよそ十日から二週間。成虫になれば、ものを食べる口を失うからまさに甘い水でしのぐだけ。つまりホタルの死因は全て衰弱死ということになる。そうまでして守ろうとする生物の「種族繁栄本能」のいじらしいほどの切なさを思う。

ホタルで興味深い話がある。幼虫が成虫になる時、栄養不足だと成虫になっても子を残す力がない。自然界ではこういう幼虫は自然淘汰されるから、つまりほとんどがこの段階で死ぬ。ところがゲンジボタルは少し違う。なんと「浪人」する幼虫が出てくるのだ。もう一年、水の中でじっと栄養を蓄えて待つ。そしてやがて来年の夏には成虫になる。成虫になってからの平均寿命、たった十四日間の「大人」になるために二年・七百二十余日の「浪人」をじっと辛抱する虫がいる。人間ほど「成虫」になって長い生き物はないのだから、「浪人」諸君、焦るな、ホタルを見よと伝えて欲しい。そして心が疲れたら秒速五十センチで歩いてみようよ、と。自分の本来のリズムが見えるかも知れないよ。

秒速五十センチは様々なことを教えてくれる。

そして僕は今、いよいよ秋の秒速五十センチ探しに入っている訳。

ほら、一緒に探さない？

第十七小節

「とこしへ」というアルバムが出来た
テーマは、「日常の中の不安と平安」
そして「フォークソング」……

「とこしへ」というアルバムが出来た。
「とこしへ」は「永久」や「永遠」の意味で用いられることが多いが、語源を調べてみると、これはこれでなかなか面白い。「とこ」は「常」か「床」で、「しへ」は、「いにしへ」に通ずる「〜の辺り」という大まかな範囲を表す。つまりこれは「常に」或いは「自分の根拠の辺り」という意味なのだという説があるかと思うと、「とこし」とは神仙思想に言う「常石」つまり盤石のこと。分かりやすく言うと「ずっと変わらない物」の象徴が常石（とこし）で、「とこしへ」とはその「安泰」の上（うへ）の「へ」だと言う説。いずれにしても「永遠ほど長い間」という意味を持つようだ。ちょっとややこしい話になったが、要は「とにかくずーっと」という意味と考えれば良いだろう。

アルバムを作る時に最も大切な物は何か、というと、自分の中の「必然性」だ。無理矢理歌を作っても意味がない。また、思ってもいないことを歌ったら嘘になる。たとえるなら、釣り人が「自分の胸の中に」釣り糸を垂れるようなもの。去年から今年にかけて僕が自分の心にどれ程の栄養を摂ってきたかがためされるのだ。今年は五月半ばからスタジオに入ったから二ヵ月かかったことになるか。普通一枚のアルバムに収める曲は僕の場合十曲前後と決めているが、今回は十二曲になった。伝えたいことがそれ程沢山あったのだろうか。実は十三曲作ったが、そのうちの一曲が余りにもその他の曲と質が違いすぎて「浮いて」しまったので、はずした。それは決して「駄目」という意味ではないから「保存した」と言うべきかも知れない。案外こういう物が爆発したりするから、もしかしたら将来が楽しみな曲だったりする。

さて、今回のテーマは決して大袈裟《おおげさ》なものではない。

日常の中の不安と平安、そして「フォークソング」。

つい、ギターをつま弾きながら歌いたくなるような物が作りたかった。少し懐かしくて、妙に新鮮に聞こえるような歌。それはいつでも僕の夢だ。歌作りという作業は、少し格好つけた口幅ったい言い方になるが、言わば「新種の花作り」のようなものだ。

誰かが自分の「心の庭先」に咲かせてくれるような花を作ること。それが理想だ。美しくて良い花を作れば、もしかしたらそれを気に入ってくれた誰かが持ち帰って自分の「心の庭」に植えてくれるだろう。アルバムやコンサートはその品評会のようなものなのだ。勿論僕が作る以上、僕が歌う以上、何処か基本は似た花になるに決まっているが、百合とカサブランカがもう別の花であるように、違う品種を産み、咲かせ続けたい、と思うのだ。興味のない人にとってはどうでも良いことなのだが、興味のある人にとっては大切なこと。僕らの仕事はそういう仕事だ。所詮、歌は「嗜好品《しこうひん》」で、「必需品」や「生活品」ではないからだ。だから世の中が平和でなくなると音楽から荒れていくのだ。つまり音楽は「平和の象徴」と言って良いと思う。

僕が毎年広島の原爆の日八月六日に長崎で歌う「夏・長崎から」というコンサートはそういう思いでやってきたことだ。今年も加山雄三さんが来てくれる。その他、スターダスト・レビュー、りんけんバンド、岩崎宏美さん他チキン・ガーリック・ステーキ、佐田玲子、フリーウェイ・ハイハイなどで戦後六十年の節目を歌う。例年は生中継があるが、今年は一週遅れの十二日にNHK・BS②で三時間半の録画放送になる。

実はこのコンサートで僕が言い続けてきたことは一つ。「このコンサートの間にあなたの大切な人の笑顔を思い浮かべて下さい。そしてその笑顔を護るためにあなたに何が出来るかを考えて下さい。それがあなたの平和の第一歩です」と。つまり平和を脅かす物は日常の不安。「とこしへ」というアルバムのテーマは、実は常に僕の抱えているテーマだということ。そう、出来たらずっと同じことを歌い続けて死んで行きたいな、と思う。さだまさしを聴いたことのないあなたに、是非聴いて欲しいと思う。きっと何かが伝わると思うから。

さあ、夏だ。

水の事故に気をつけて元気で過ごしましょう。元気でね。

第十八小節
高校野球の季節に思い出す一戦
〝53対1〟のコールドゲーム
その1点の重みに、僕は救われた

　夏の高校野球が始まると思い出すゲームがある。それは昭和六十二年七月一日に岩手県営球場で、地方大会の開会式直後の二試合目に行われた。岩手県の強豪、盛岡商業高校と無名の岩手橘高校との一戦だった。

　結果は53対1という大差の五回コールドゲームで盛岡商が勝った。

　勿論、僕はその試合を目撃していた訳ではない。翌朝、新聞の朝刊に「歴史的大差」というトピックスとして小さな記事が載ったものを読んで知った。ただこの時僕は、ある新聞に載ったこの試合のスコアボードの写真を見て極めて強く興味を惹かれた。いや、53点の方ではなく1点の方にだ。今でも時々、地方大会の話題にこういう大差の試合が報じられることがあるが、ほとんど大差で負けた方のチームの得点は0点だ。力の差とはそういうものだ。だがこの試合では、相手にたった五回で53点を奪われる程弱い岩手橋が何故か1点を奪っている。しかも、その1点はなんと四回裏に得点していたのだ。一体どうして得た1点なのか？　お情けで貰った点なら却って侮辱だし、哀れ過ぎる。歴然とした力の差のある戦いでは考えられない程重い「1点」なのだ。

興味が湧くと居ても立っても居られない僕は、岩手の親友に無理を言って頼み、この試合のスコアのコピーを手に入れた。そうして安比《あっぴ》高原のホテルのコーヒーショップで珈琲を飲みながらそのスコアを開いた。マッチ箱を四つ、塁に見立ててテーブルの上に配置し、マッチ棒を動かしながらあたかも棋譜を読むように、この試合を机上に再現した。心が高鳴り、わくわくする様は上質のミステリーを読むようだった。

一回表、盛岡商は岩手橋の投手・藤原を攻め、9安打7四球7盗塁に8つのエラーがからみ、打者25人で21点を奪う。二回表、更に2安打と1エラーで2点。岩手橋はこの裏2安打を放つが0点。既に23対0。三回表は15人の打者、6安打2四球5エラーで11点。岩手橋は三者凡退。ここで34対0。手を抜かない盛岡商も立派だ。四回表、3安打2エラーで3点を奪い、この回で既に37対0となる。

そして、いよいよ僕のこだわった四回裏が来る。岩手橋、1アウト後、投手藤原がこの日盛岡商の記録した、たった一つのエラーで出塁する。ここで5番セカンド下村（幸）が右中間三塁打を放ったのだ。後で聞いたことだが、この時、球場全体がどよめき、大拍手が起きたそうである。それはそうだ。正々堂々たる1点だ。僕も珈琲をひっくり返しそうになって拍手をした。涙がこぼれそうになる。こいつら、ちゃんと出来るじゃねえか、と。しかし次の五回表、盛岡商は13安打6盗塁に3エラーがからんで16点を加え、ついに53対1というコールドゲームが成立した。本来遊撃手だった藤原君はこの日、投手の居ないチームにあって、度胸が良いというだけで初登板し、五回で260球を投げた。被安打33四死球12奪三振2だった。神様は意地悪なのか優しいのか分からない。投手が居なくて急遽《きゅうきょ》登板した十八歳の少年、藤原君をこれ程虐めなくとも良いではないか、と思うが、それでもたった1点だけ返したホームを踏んだのはその藤原君だった。

この暫《しばら》く後、この一戦を揶揄《やゆ》する記事が週刊誌に出た時、僕は激怒した。揶揄した筆者は余程野球を知らぬか冷酷で残忍だ。繰り返すが、53対0なら凡戦だ。しかしこの、37点をリードされた後の四回裏の1点の本当の重みは野球好きなら、いえ、人間なら分かる筈なのだ。この1点によってこの試合は名勝負となり、僕の胸に深く刻まれたのだ。

実はこの頃、折から僕は中国で撮影した映画による二十八億円に上る個人の借金に苦しんでいた時期で、人生の重みと夢の重さを両手にぶら下げて途方に暮れていた頃だった。だからこの岩手橘高校の1点は、何より「最後まで諦めるな」という僕へのエールに思えた。37対0でも、たった1点を取りに行こうとするのが「生きる」ことだよ。「捨てるな」と。

夏の高校野球。それは、只の一度も負けなかったたった一つのチームと、たった一度しか負けなかった四千幾つのチームで出来ている。僕は苦しい時いつもこの53対1のゲームを思い出す。そして自分に言うのだ。結果でなく中身だ、と。

第十九小節
欄干に置き去りにしたチョコレート
あの日の、切ない思い出……
軍艦は「プロビデンス」と名乗った

　夏は「戦争」を思う季節だ。殊に昭和二十年八月六日は広島に、九日は長崎に原子爆弾が投下された日でもあり、十五日は日本がその戦争に負けた日でもある。今から六十年前に終わった戦争の話など、戦争を知らない若者には関係ないだろうけれど、夏になると、僕は毎年「戦争」を思う。勿論、子供の頃からだ。それを考えざるを得ない町に僕は生まれた。今日語る思い出はそこから生まれた。

　小学生の頃のこと。日本最古の鉄路が故郷、長崎にあった。今は撤去されて存在しないが、現在の長崎駅から出島の岸壁まで続く線路があり、出島の倉庫群と長崎駅とを結ぶ引き込み線として僕らが子供の頃まではまだ利用されていた。本当かどうか今も知らないが、それはグラバー邸で有名なトーマス・グラバーが敷いた、と言われる線路だった。駅と出島の岸壁との間、一番海側に中島川を渡る鉄橋があり、僕らは「グラバーの鉄橋」と呼んだ。出島に大きな船が来ると僕らは仲間と連れだって子供ばかりで見に行くことがあった。そんな時、いつも「グラバーの鉄橋」を走って渡った。鉄橋の枕木の上を踏み外さないように走る。足下に水面があり、しかも何時列車が来るか分からないというスリルは子供達にとって格別で、船を見に行くより、グラバーの鉄橋を渡ることが何しろ最大の遊びだったかも知れない。あの頃、よくこの港に灰色の船が沢山やって来た。軍艦や潜水艦だ。

ある日、友達が「ギブミー」という呪文《じゅもん》を教えてくれた。それを言うと、水兵が僕らにお菓子をくれるのだと。

僕らはわくわくしながら次に軍艦が来るのを待った。やがて当時の米海軍第七艦隊の旗艦「プロビデンス号」が入港した時、僕は呪文を教えてくれた友達と一緒にグラバーの鉄橋を渡って走った。軍艦の中で友達とはぐれた僕は一人で幾度もあの呪文を口に出そうとしたが何故か、なかなか言えなかった。お菓子は欲しかったが物乞いは恥だ、と教わったプライドが言わせなかったのだろうか。アメリカは僕の町に原爆を落とした酷い国だ、という意識があったからだろうか。暫く後、甲板で友達にめぐり会うと、彼はポケットをお菓子で膨らませていた。僕がお菓子を一つも持っていなかったので、友達は「俺が貰ってやる」と言い、「黒人の方が優しか」と言った。彼が近くの水兵に呪文を唱えると水兵はポケットから何かを取り出して渡した。友達はそれを僕に投げてよこし、ほうら、簡単やろ？　と笑った。

ハーシーの板チョコだった。

喜ぶ弟や妹の顔が浮かんだ。もの凄く嬉しかった。当時の子供にとってアメリカ製のチョコレートは夢のような贅沢品だったのだ。友達とはそこで別れ、一人で出島の倉庫群を歩いた。ところが最初は嬉しく眺めた掌のハーシーのチョコレートを何度か見るうちに訳もなく涙が出てきたのだ。被爆者の叔母の顔を思い浮かべた訳でもないし、原爆資料館の悲惨な展示物を思い出したのでもない。この町に原爆を落とした国に物乞いをした、という「理屈」でもなかったと思う。言うに言えぬ「幼い正義感」だったろうか。奇妙なことだが、結局僕はそのチョコレートを家に持って帰ることが出来なかった。あのグラバーの鉄橋の欄干にそっと置き去りにし、振り返りもせず逃げるように走って帰ったのだ。不思議で切ない思い出。戦争が終わっておそらく十五年程後の話だ。

大人になって、あの時の軍艦「プロビデンス」というのはどういう意味だったのだろうか、と思い出して辞書を引いて愕然《がくぜん》とした。そこには「神の恵み」と書いてあった。軍艦は人を殺す道具だ。その船に「神の恵み」とは、という驚きだ。彼らの神と僕の神は随分違うらしい。僕の神は「どんな事情があっても人を殺すな」と常に囁《ささや》くが、彼らの神は「事情が許すなら殺しても良い」と囁くらしい。

「神の恵み」。僕は白い紙に筆ペンでそう書いて暫く眺めた。

今となればあらゆることを、「歳を取った」お蔭で許容量で理解出来るようになった僕にとって、あの日、グラバーの鉄橋にあのチョコレートを置き去りにした僕の幼い正義感が何とも愛おしく感じられるようになった。絶えることのない戦争。一人一人は優しいのに、何が狂わせるのか、と夏になると切なく思うのだ。正義とは何だろうか？　と。

風が伝える愛の唄

秋桜

淡紅の秋桜が秋の日の
何気ない陽溜りに揺れている
此頃　涙脆くなった母が
庭先でひとつ咳をする
縁側でアルバムを開いては
私の幼い日の思い出を
何度も同じ話くりかえす
独言みたいに　小さな声で

こんな小春日和の穏やかな日は
あなたの優しさが浸みて来る
明日嫁ぐ私に　苦労はしても
笑い話に時が変えるよ
心配いらないと　笑った

あれこれと思い出をたどったら
いつの日もひとりではなかったと
今更乍ら　我儘な私に
唇かんでいます
明日への荷造りに手を借りて
しばらくは楽し気にいたけれど

突然涙こぼし　元気でと
何度も　何度も　くりかえす母

ありがとうの言葉をかみしめながら
生きてみます　私なりに
こんな小春日和の穏やかな日は
もう少しあなたの
子供でいさせてください

秋桜

from「続・帰郷」

「ピンとこないでしょう?」と、電話口で僕はそう言った。受話器の向こうで彼女はきっぱりと「はい」と答えた。

まだ十八歳の山口百恵さんに「結婚前夜の母娘」というテーマは理解出来る筈もないだろう、と思ったからだ。僕は彼女はいつまでもこの業界に居る人ではない、と感じていた。彼女は一度この場所を去ったら二度と戻ってくる人ではない、と思っていた。だから曲作りを依頼された時に、あえてこのテーマを選んだのだった。「ピンとこないので……思ったように歌えなくて苛立っています」と彼女は言った。「気にしないでね」と僕は答えた。「あなたの歌い易いように、フレーズ感やメロディ感にとらわれずに好きなように歌ってね」と。そうして言い訳をするようにこう付け加えた。「何故僕がこんなテーマを選んだのか、あなたに解って貰える日が早く来るといいね」と。

「秋桜」はメキシコ原産といわれるコスモスの和名なので本来は「あきざくら」と読まなければならないだろう。事実それまではコスモスはカタカナ表記の外来花で「秋桜」という和名は多くの日本人には全く知られていなかったのだ。しかしこの曲の大ヒットによって「秋桜」という表記の方が有名になり、コスモスは日本国籍を得た。これは彼女の力である。

さて、やがてついに彼女が三浦友和さんという素晴らしき伴侶を得て引退することになった。僕はその最後のコンサートにお招きを頂いていたが、自分自身のライブと重なり、伺うことは出来なかった。その日、僕がフェスティバルホールでのコンサートを終え、ホテルに戻ると、彼女からのメッセージが届いていた。それにはこう書いてあった。

「さださんがこの歌を作ってくださったお気持ちがやっと解る日が参りました。本当に、本当に、ありがとうございました。山口百恵」

僕は何度も読み返して感動に震えた。たった一度、電話で話しただけの僕の台詞を彼女はずっと記憶していてくれたのだ。しかも自分の人生で最後のコンサートを迎えるというそんな日に、他人にこれ程の配慮の出来る人が居るのだ、という感動である。山口百恵という偉大な歌手がどの様な人柄の人であるかを僕はつぶさには存じ上げないが、誰かに「百恵さんはどんな人なのですか」と尋ねられた時、必ずこのエピソードを伝えることにしている。たかだか一曲の歌謡曲を挟んで、僕は偉大な歌手とこれ程感動的なエピソードによって向かい合えたことに感謝する。

勿論、僕に生まれてくれたこの歌にも。

第二十小節
あの頃、テレビは魔法の箱だった
〝悪魔の道具〟にならないよう
いつまでも夢の機械であって欲しい

我が家にテレビが来たのは僕が小学校二年の時だった。勿論それ以前からテレビは存在したが、とても高価で我が家では手が出なかった。尤も多くの家がそうで、だから当時は近所のお金持ちの家にはテレビを見せて貰いに町内中の人が集まったものだ。

当時長崎にはNHK以外に民放は長崎放送だけ。もっぱらの楽しみは大相撲中継やプロレス中継。〝三菱ダイヤモンドアワー〟はプロレスとディズニー・アワーが隔週交互に放送される不思議で素敵な番組だった。当時は録画など出来ないから、子供はドナルドやミッキーの漫画映画を「二度と見られない」という緊張感で食い入るように集中して見たものだ。

今の子供達はなんて幸せなのだろう。DVDやビデオのお蔭で家にディズニーやジブリが住んでいるのだ。それにあの頃は今と違い、子供がテレビを見る時間は親によってきちんと制御されており、我が家では夜九時以後見ることを禁じられた。ただし土曜日は例外で、午後十時から始まるＮＨＫの「夢で逢いましょう」を家族で見た。実は僕の人生で「歌謡曲」に初めて触れたのがこの番組の「今月の歌」だった。永六輔作詞・中村八大作曲の綺羅星の如き名作が並んだ。

僕の歌の現風景、ふるさとは、実はここだ。

この時代はテレビが個人の持ち物ではなく、家族全体の宝物だったから、制作者側の心には家族で視聴しても恥ずかしくないような、人の心が温かく高まってゆくような「視聴覚教育」という責任感が強く生きていたから、今のように視聴率さえ上がればエロも暴力もＯＫという時代ではなかった。社会も「文化は人の心を高めるためにある」という原点を一所懸命守ろうとしていた時代だ。今、家族が揃《そろ》って楽しく見られる番組がどれ程あるのだろうかと思う時、家族にとっても幸せな時代だった。

テレビは、その前に座っているだけで様々な情報を運んで来る魔法の箱だった。そう、あの頃の少年にとってはテレビはまさに「ドラえもん」のような存在だったのだ。皇太子様のご成婚パレードもテレビで報道された。それから当時社会党委員長だった浅沼稲次郎氏の暗殺の瞬間をＮＨＫの生放送で見た。力道山の死もテレビのニュースで知った。初めての宇宙中継放送の第一報はケネディ大統領の暗殺だった。東京オリンピックの感動は遠い長崎にも伝わった。まだまだ戦後の荒っぽさが残っていた時代の少年達は混沌《こんとん》とする社会の中でテレビが伝える情報に様々なことを教わり、そしてドラマやドキュメンタリーが見せてくれる夢や希望に勇気づけられたのだった。当時流行《はや》った「事件記者」に憧れて新聞記者になった少年が居る。「ペリー・メイスン」に憧れて弁護士になった子供が居る。「ベン・ケーシー」に憧れて医者になった友達も。テレビは〝善き憧れ〟を運ぶ道具だった。

勿論、この極めて影響力の強いメディアによって我々の価値観が大きく変えられる事態も起きた。「名犬ラッシー」のお蔭で洗濯機や冷蔵庫や自動車が欲しくなった。西部劇の影響でインディアンが悪者にされてしまった。「コンバット」のせいでドイツだけが悪者になった。そう、テレビは人を洗脳する〝悪魔の箱〟という側面を忘れてはならないのだ。

「一億総白痴化」。テレビの悪しき影響力を予見した当時の大評論家、大宅壮一さんの言葉が胸に残る。それでも当時の制作者達は本来テレビが持つ映像の即時伝達性の至便さや無限の可能性を秘めたエンターテインメント性を活かすために、善く模索し、良く努力し、更にテレビの悪しき影響力を人の理性によって懸命に制御しようとしていた時代だった。

いつしか少しずつ妙なことになったテレビ。

番組制作に関わる人々はその影響力の強さを深く自覚して欲しい。万が一にもその力を弄《もてあそ》ぶべきではないし、ましてや決して人を傷つける道具にしてはならないと思うのだ。とはいえ、テレビは視聴者の心や胸の底を映す鏡。視聴者が卑しければ番組も卑しくなるのは当然だが、逆に視聴者の心根で善くも変えられるものだと信じている。影響力の強いテレビを〝悪魔の道具〟にしたくないのだ。〝魔法の箱〟はいつまでも人の心に〝善き憧れ〟を運ぶ夢の機械であって欲しいと切実に願う。

第二十一小節
自民党の圧勝に終わった総選挙——その国民の支持率に驚嘆しながらも小泉政策には注文を言いたい！

自民党の歴史的圧勝に終わった総選挙に一抹の危惧を感じながら書いている。

衆議院で通過した法案が参議院で通らなかったからといって何故か衆議院を解散した今回の選挙の根拠も、どう考えても辻褄《つじつま》が合わないのだが、それを総選挙の「争点」として成功した小泉総理のマスコミ操作の上手さと頭脳は見事だ。指導力や決断能力という意味でも近年の総理の中で最も傑出していると思う。だから小泉総理の持つ「冷たいと思える程の頑固さ」があってこそ改革を断行出来るのかしら、とも期待する。ただ、冷静に考えれば「一法案の是非を問う為の解散総選挙」なんて、国民としては余り芳しいこととは思えない。

「小泉さん、そんなにムキにならなくても」と思った人も多いのでは？　だって、衆議院議員の総選挙とは「国の未来、将来を担う人を国会に於ける自分の代議士として選出するため」の「国民主権の発動」なのであって、「一法案に賛成の議員は正義で、反対は悪」という強引な論理で「代議士を選出する」という色分けは一寸違うなあ、と思った。また、小泉さんったら、「自民・公明で過半数を取れなければ潔く辞任する」とか言うし。過半数が取れなければ総理にはなれないに決まっているのに、そういう当たり前の話をドラマチックな話に聞こえさせてしまう手法を胡散臭《うさんくさ》く感じる一瞬があって、それが気になるのかも知れない。一抹の不安、と言ったのは、実は総理のこういう論理的すり替えの上手さに感じてしまう不安なのだ。もっと正々堂々と正眼に構えて横綱相撲をして欲しいのだ。これ程支持されている内閣はかつて無かったから、信じてみたいのだ。裏切られたくないのだ。

まあ、今回は民主党の「郵政法案反対」という反旗が裏目に出た。サッカーなら自殺点だ。民主党だって基本的には賛成の筈なのに、反自民を強調する余りにあれだけの勢力を「抵抗勢力」に格下げした感がある。岡田さんの真面目さは好きだけど、真面目だけでは百戦錬磨の小泉マジックには太刀打ち出来ない。折角面白い勝負になると思ったのに格が違った。岡田さんは相撲の勝負だと思って土俵に上がったのに、小泉さんがルールを不意に「サッカー」に変えたから勝負にならなかった、って感じかも。

尤も僕個人は「保守二大政党制」には反対。野党というサーモスタットが利いて初めて健全な政治世界になる。ある新聞に保守二大政党制は民主主義の完成形ではなく民主主義の末路だ、と書いてあったが、その意見に賛成。二つの政党が交代で政権を担うようになれば、アメリカみたいに最終的には「大政翼賛型の政治」になるからだ。小泉首相は「大統領のように」振る舞う。今回の選挙も「大統領的拒否権の発動」に近い。国民がこれ程信頼するのだからそれも良いだろう。だが、それならそれで「大統領的」責任も負うべきだと思う。

注文はいっぱいある。例えば国際連合と訳すけれども正確には「連合国」の国連では、日本の他、ドイツ、ハンガリー、フィンランド、ブルガリア、ルーマニアは旧敵国条項によって未だに国連の敵国扱いで、これらの国に国連加盟国が攻め入っても罪にならないことになっている。国連運営費の二十%を負担しながら戦後六十年過ぎてまだ「敵」扱い。常任理事国入りなど噴飯もの。国際的には二等国以下の扱いなのに金だけ出せと命令されるこの国の尊厳をどうするのか。それに拉致の問題だってまだ解決していない。それから、国民的合意を得た訳ではないのに自衛のために有る筈の軍隊を外国に派遣してなし崩しに既成事実を作る、この手の手法も困る（憲法改正という名の改悪はもっと困るが）。この国が戦場にされたら僕自身が先に立ち上がるが、将来、孫の世代を外国の戦場に送りたくないのだ。

「自分が総理の内は消費税を上げない」という言い方も狡い。嫌なことは後の人に丸投げでは国のビジョンが見えない。この国の未来を委ねる総理だからこそ切実にこの日本の未来のためのビジョンをもっと明確に示して頂きたいと願う。国民のこれ程の支持にどうか応えて頂きたいと願う。

小泉さん、どうかこれ程慕う国民を裏切らないで下さい、と祈る。

第二十二小節

人が人を裁くという重さ――
二〇〇九年からスタートする裁判員制度
その是非をきちんと論議したい

二〇〇九年五月には裁判員制度がスタートするのだ、と国に勝手なことを言われても困る。

これは決して国民的な合意を得られていないし、実際は当の裁判官の合意も得られていないのではないか？

この原稿を書くに当たって、念のために法務省や最高裁のホームページを覗いても、何故裁判員制度が必要なのか、という納得出来るような明確な説明は一切なく、裁判員制度によってこれ程良くなる、という明快な説明もない。アメリカやイギリスやドイツやイタリアなどでも行われている、と言われたって余所は余所。一部の国がやっているからといっても我が国が真似《まね》することはないし、第一それらの国とは刑法の中身も刑罰の重さも全く違う。なのに、「国民の裁判への理解が深まります」だの、「裁判への国民の信頼が向上します」と言うばかり。今のやり方では駄目だ、という理由も不明だ。これは即ち「制度ありき」で、国がそう決めたので「とにかくやります」と言い張るしかないのだな、と拝察するしかない。しかしきっと、現職の裁判官の中でもこの制度に対する賛否が未だに渦巻いているに違いない。少なくとも「納得」などしていないと感じるのが、「嫌々説明しています」調のホームページにも現れている。

僕のような門外漢にも、何故現職の裁判官がこの制度にもっと大声で異論を唱えないのか不思議で仕方がない。自分たちの狭い利益に固執していると受け取られる、などという不安があるのだろうか？　それは誤った公平さ、馬鹿げた不安だ。では今後、法を守るために通過しなければならない「司法試験」はどうなるのだろうか。「試験を易しくして弁護士を増やそう」なんてお馬鹿なことを言い出す国だから、これも先々どうなるのか不安の種。「専門知識を持った裁判官三人と国民代表六人、計九人の合議だから国民の感覚が活かされます」なんて嘘だ錯覚だ茶番だ。

「国民の感覚」はそういうところで活かすものではない。

人が人を裁くということはもっと重い筈。裁判官も、決して偉そうに人を断じる人ばかりではないのだ（中には唯我独尊の狭量な方も居られるようだが）。人間として精一杯悩み苦しみ、法律と格闘し、判例と格闘した挙げ句に裁いている、と思う。「こいつは絶対にワルイヤツだが、法律上は無罪である」という悔しさや「こいつは本当に善人なのだが法律上は犯罪者になる」という奇妙な理不尽さを沢山味わっている筈。アメリカの陪審員制度には「いい感じの人だからセーフ」「やなヤツだからアウト」という馬鹿げた判例が腐る程あるではないか。何故、今更？　という感は否めない。裁判所だって法律の勉強もせず、知識もない国民を「無作為に」選び、「はい合議で」と言われても却って困る筈だろう。一々その事件の説明からしなければならないというのは裁判官にとって無駄な仕事ではないのだろうか。これで裁判の速度が上がるとしたら「拙速」だ。むしろ恐ろしい。

何しろ我が日本国民の付和雷同で、ミーハーで、不人情な人々の数を見れば、不安は更に募る。自分の都合だけで信号一つきちんと守れない人。そのくせそれで事故に遭えば悪いのは相手、と言い張る厚顔さ。エレベーターだろうが電車だろうが降りる人を無視して自分が先に乗ろうとする大人達。そういう人々の中から適当に選んで、重大刑事事件の裁判員をさせる理由が分からない。その場だけ公平さを装う人の判断を信じろというのだろうか？　たとえ凶悪犯罪者であろうと犯人の「人としての尊厳や生命」を量ることが素人判断に委ねられるという「不安」は消すことが出来ないではないか。

裁判員制度をどうしてもやりたければ「裁判員資格試験」を設けるべきだろう。最低限の人格や知識、それに裁判に対する興味や物事に対する公平さを先に確認するべきだと思う。天秤を高く掲げる法の女神の像は目隠しをしている。「情」に流されて判断を過たぬよう、冷静に重さだけを量ろうという公平な意志を表しているのだ。

裁判員制度はその目隠しを取るような行為だと思う。だから僕は裁判員制度に強く反対する。

第二十三小節

季節はずれの桜の樹の話
〝大王様〟の枝が伐られる……
僕は慌てて会いに行った

季節はずれの桜の樹の話。

かつて梶井基次郎は「桜の樹の下には屍体が埋まっている」と書いた。「だってそうでなければあんなに美しい花が咲くわけがないじゃないか」と。僕自身は梶井のような不吉なイメージは抱かないが、春先の爛漫と咲く桜の花の美しさは大好きだ。気の置けない友人等とともに毎年花見をする。但し、僕らの花見は仕事が終わってからのことだから当然深夜になる。仕事場近くの公園や、大好きな千鳥ヶ淵の桜に会いに行く。その時のノリによっては桜の名所をハシゴするくらいだ。

十年以上も前のある晩、ふと深夜、仕事場近くの小さな公園に迷い込んだことがあった。百五十年も前に出来たその公園には、百五十年も生き続けている大きく美しい桜の樹がまさに息を呑むほど満開の花を咲かせていた。誰もいない公園の一番端っこにある、その見事な桜の樹の根元に仲間と座り込んで酒を呑んだ。時折吹く風に枝が揺れてわさわさと花びらを散らした。「この樹、好きだな」と僕が言ったら、「よし、じゃ毎年この樹に会いに来ようよ」と誰かが言った。それでその樹は僕らの樹になった。花の季節になると深夜仕事を終えてふらりとその樹に会いに行く。夜中なので勿論いつもあまり人はいない。どんな時でも僕等はがらんとしたその公園で、我々専用の満開のその桜の樹の下に座って花を見上げた。

ある年の春、思ったより早く仕事が終わり、さて一杯呑んで帰ろうか、と僕が言った時、仲間の一人が「もう桜が満開だよ」と言った。膝を打ち「じゃ、あの樹に会いに行こう」と言ったものの、余りに早すぎる時間に不安を感じた誰かが、「この時間じゃまだ他の花見客で一杯じゃないかな」と言った。まあ、それもよし、と出かけてみると、他の花の下は花見客で一杯なのに、なんと僕らの花の下は如何《いか》にも「たった今ここにいた連中が帰ったばかりです」というようにブルーシートだけが残されていた。やったぁ、と腰掛けて花を見上げると、「やあ、おかえり。急に来るって言うからさっき慌ててみんな帰しといたよ」とそんな声が聞こえた気がした。この樹には妖精が棲んでいる、と感じた。僕はこの樹がもっともっと好きになった。

以来、毎年毎年、桜が咲いたらこの樹に会いに行くようになった。一年間会わなかった間にこんなことがありました、と樹と話すようになった。僕はこんなに忙しく、大変な苦労をしたけれど、こんなに良いこともあったよ、と話しかける。この樹はどんなことがあった年でも何も言わずに抱きしめてくれるように僕の話を聞いた。

やがて僕のソロコンサート３０００回が二〇〇二年三月二十一日に決まった時、この桜の樹が凄いプレゼントをくれた。あり得ないことだが、九州や四国をさしおいて、東京の桜だけがこの日に満開になった。記念コンサートを控えた前夜、眠れないまま、僕はこの樹に会いに行った。根元に酒を振る舞い、僕も共に呑んだ。君が東京中の桜に頼んでくれたのかい？　僕が尋ねるとその樹は少し花を散らした。この日から僕はこの樹を「桜の大王様」と呼ぶことにした。東京中の桜を動かす力があるのだから、と。

それから三年半。僕が通算３３３３回のコンサートを終えた直ぐ後のこと。仲間の一人が偶然この樹の住む公園を通りかかった時、「工事中」の札を見つけた。気になって見てみると大王様の三本の太い枝の途中には赤い紐が巻いてあり、ここから伐り落とす、ということらしい、と。

僕は慌てて会いに行った。

確かに公園は改修され、大王様の枝もほとんどが伐られるようだ。ため息が出て涙が出そうになる。百五十年も生きてきた生き物を勝手に伐ったり殺したりする権利が人間にあるのだろうか。太い幹をさすりながら大王様に酒を捧げ、一緒に呑んでいたら、ふと大王様の声が聞こえた。「なあ、心配するな」と。「見ろ、伐られる枝以外にまだ俺には新しい枝が生まれているよ」と。それから大王様は僕にこう言ったのだ。「悲しいことじゃない。古い樹に咲くのは古い花ではないのだよ」と。「春にはきっと小さな新しい花を咲かせてみせるよ」と。

僕は泣くのをやめた。来春、きっと咲くだろう大王様に恥ずかしくない僕で居よう、と思った。

第二十四小節

日本人同士の会話の崩壊――
言葉によって人は救われ、
言葉によって人は殺されるのだ

「憂国」という言葉がある。

「この国は一体どうなってしまうのだろう」という、文字どおり国の未来を心配する「心」のことだ。もしかしたらもう死語に近いかも知れないこの言葉が実は今、僕の心の中で大きく渦巻いている。

民家の庭に「毒サソリ」、押し入れの中に大きな外来種の「ニシキヘビ」、公園に巨大な「カミツキガメ」、近所の川に大きな「ワニ」、琵琶湖に「ピラニア」。そこに居る筈のない生き物があちらこちらに現れているのだ。原因ははっきりしている。誰かが捨てたのだ。あーあ、とため息をつく。「生き物を飼う」ということの意味や「ペット は家族」という思いや「生命の重み」も全て見て見ぬふりをして、「自分の都合」を最優先させてしまう現代の日本人。「責任」や「覚悟」という言葉も死語になった僕たちの国。たとえ何らかの事情で飼うことが出来なくなったとしても「こっそり捨てる」以外の方法があったと思うのだ。それでも殺してしまわないだけ「情状酌量の余地あり」と思わなくもないが、いずれ他人の迷惑などとんと顧みない利己主義。「自由」の意味を利己的に曲解し、「何をしても自分の勝手」、だから「今、とりあえず面白い」が最優先。

そんな自分中心の価値観を大人達が押し通した結果、自分勝手な子供が育つのは当たり前。最優先されるものは自分の「快感」となる。もしかしたら自分の行動が人に迷惑をかけるかも知れないという気遣いや、自分の行動が人を困らせるかも知れないと想像することも出来ない沢山の日本人が育ってしまった。こういうことをすれば、結果どうなるだろうか、という「想像力」も失い、とりあえず最優先は自分の都合。いや、勿論決してそんな人ばかりではない。きちんと周囲に心を遣い、気を配る人々も実はまだまだ沢山居る。しかし正直なところ、そういう心ある人々の多くは「お行儀の悪い日本の大人達」に対してもう諦めつつある状態なのだ。こんなふうに「飼っている生き物」が「邪魔になったから」と平然と捨てられる神経や、薄っぺらな「面白い」を全てに優先させるような心の貧しい社会が、今の我が日本国の正体だと気づいている人もあるだろう。

たとえば、親が泣きやまない自分の赤ん坊に腹を立てて殺す。これはもう親ではない（赤ん坊は泣くのが仕事じゃないか）。たとえば、親に勉強しろとうるさく言われて怒って親を殺す子供。これはもう子供ではない（親は小言を言うのが仕事じゃないか）。挙げ句は外国人を使った犯罪の向こうに見え隠れする卑劣な日本人の黒幕の影。そこには「この国で暮らす」という誇りも意地もなく、「この国を愛する」という想いのかけらも感じられない。「利己欲」のみ。

一体誰がこんな国にしてしまったのだろうか、と思う。

そんな僕の「憂国」の向こう側に悲しく透けて見えるものがある。日本人同士の会話の崩壊だ。実は言葉を交わすことが、相手が何を思い、何を考え、どういう時に喜び或いは悲しみ、どういう時に怒るのかといった「人としての価値観」の理解に繋がり、人同士はその相互理解の上で相手を信頼し、また愛することが出来る。「国とは国語なり」という言葉がある。国境は線でくるものではなく、その国に暮らす人がどんな言葉を話すか、ということで量るべきだ、という考え方だ。言葉は相手に伝えるだけでは意味をなさない。相手の言葉を理解して初めて道具として使用できる。言いたいことを言うだけで相手の言葉に耳を貸さなければ会話にはならない。会話力、殊に日本語力とはそれ程大切なものなのだと気づいて欲しい。

言葉によって人は救われ、言葉によって人は殺される。つまり会話とは「愛」の交換を意味する。勿論、場合によっては敵対するものとの「交渉」の道具に過ぎないだろうが、そこに会話からの「友情」は成立する。「愛」があれば諍《いさか》いは回避出来るのだ。

言葉からこの国を直そう。折角こんなに便利な道具があるのだ。大切な人に「あなたを大切に想う」ということをきちんと伝えることから始めよう。そこから友人関係は生まれ、愛は育まれ、家庭は守られる。まさに「国とは国語なり」だ。日本語の練習をしよう。上手になろう。愛を伝えよう。この国が好きなら!

第二十五小節
プレーオフ制度は公平なのか？
田尾監督の更迭劇、古田監督就任……
頑張れ、日本のプロ野球！

千葉ロッテマリーンズファンの皆さん、日本一おめでとう！　心からお祝いを申し上げる。

九州人としてはホークスが二年続けてリーグ一位で公式戦を終えたのにプレーオフで二年続けて敗れるというのはどうにも納得がいかない気がするが、優勝したロッテに罪はない。結局、プレーオフで負けたホークスが駄目なのだ、と言われても当然のこと。「セ・リーグのチーム相手にわざわざホークスが出て行かなくても二位チームに相手をさせれば十分だろう」などと負け惜しみを言っている場合ではない。昨年、城島選手が現行のプレーオフ制度について「言いたいことは山程あるが、負けたから言わない」と言った。その言や良し。男らしい。

いや、プレーオフは面白いと思う。盛り上がるし、最後までファンは夢を見られる。

しかし136試合を戦って首位で終了したチームに何のアドバンテージも与えないというのは136試合やる意味がないではないか。上位チームに一勝分を与えれば、下のチームは既に一敗した状態からプレーオフを戦う形になる。そうなれば三位チームはプレーオフで優勝するには対二位戦（二勝先取）と対一位戦（三勝先取）を通してわずか一敗しか出来ない。二位も優勝戦では一敗しか出来なくなる。このくらいハンデがあって公平な気がするのだがいかが？　これで勝ち上がったなら負けた方も素直に賞賛を送ることが出来ると思うのだ。また、セ・リーグの優勝チームに対してもこの制度は酷だ。だってパ・リーグのプレーオフの間、セ・リーグの優勝チームは半月以上の間ずっと待たねばならないからだ。過酷なペナントレースに勝ち抜き、ほっとした上、更に実戦感覚を忘れた頃に日本シリーズでは、永遠にセ・リーグのチームは勝てないだろう。制度が確立するまでには試行錯誤が必要だけれども、公平に日本一を決めるために早く解決して欲しい問題だ。

さて、今年は僕の永年の友で、スポーツマンとしてとても尊敬する田尾安志が楽天イーグルスの監督になったから、心の中はずっと楽天の心配をして過ごした。その田尾があっさりと首を切られたのには驚きや憤りを通り越して呆れてしまった。「成績不振」というが、あの戦力で戦い、あれだけの観客を集め(黒字だった)、あの弱いチームを仙台市民に愛されるところまで持ち上げたのは完全に「田尾人気」だったのに、だ。三年契約であれば三年かけて戦えるチーム作りを考えるのが普通。それを巨人じゃあるまいし、たった一年で結果が出せないからさっさと切ってしまう現実を見て、あのチームのオーナーが真の野球ファンでないことが露見した。少なくとも外野席で好きな選手の名前を泣きながら叫んだ経験など無い筈だ。いや、野村さんが嫌だというのではない。三年任せた、と言ったのなら三年やらせるべきだったと思う。思いつきのような田尾更迭劇に一番失望しているのは当の仙台市民なのだ。しかしその声はオーナーには決して届かない。

阪神タイガースの上場騒ぎにしてもそうだが、プロ野球は「金力の論理」に振り回される脆弱《ぜいじゃく》な機構だったということだ。また振り回す人達に「金さえあれば何をしても良いのか！」と言ったところで、「じゃ、金出してから言え！」と笑われるのがオチだ。心の話は金とは一番遠い話だからなあ。でもね。断言しておく。金を振りかざした人は何時か必ず金に裏切られる日が来る。心を振りかざせば心に裏切られるようにね。

今年は政治といい、野球といい、力を持つ者が力で「無理」を押し通すような殺伐とした時代になった、と感じた。

今、僕の希望は古田だ。ミスタースワローズ・若松さんが去るのは寂しいが、禅譲の形で実現した十九年ぶりの選手兼任監督。友人なので良く理解出来るが、古田は本当にファンを大切にする。プロ野球にとって一番大切なのはファンだと知っている。ヤクルト球団の経営陣は「野球好き」な人が多いから、きっと古田と共に、ファンがわくわくするようなチームを、せめて十年かけて作って欲しいと願う。時間は必要だ。王さんは十年かけてあのわくわくするような素晴らしいホークスを作った。ヤクルト球団には今切実にそれを期待する。

頑張れ古田！　頑張れプロ野球！

まんまる

誰か僕のとても大切な　あいつを知らないか
生まれてから今迄ずっと　あいつを捜してる

ふちの欠けたのや　傷だらけのや　そんな奴じゃなく
大きすぎない　小さすぎない　僕にふさわしい奴

とても気紛れなあいつ
近くにいても届かない
「まんまるなしあわせ」と呼ばれてる

あいつを知らないか

誰も傷つけず　傷つけられずに　生きてはゆけないか
悲しませずに　苦しませずに　生きてはゆけないか
上手すぎずに　下手すぎずもせず　生きてはゆけないか
きれいでもなく　汚くもなく　生きてはゆけないか

誰かが僕にささやいた
捜しているうちは届かない
「まんまるなしあわせ」はそばに居る
お前の中にある

もしも僕のでこぼこが
とれたらいつか会えるだろう
「まんまるなしあわせ」と呼ばれてる
僕に会えるだろう

誰か僕のとても大切な　あいつを知らないか

まんまる

from「ADVANTAGE」

嫌な奴だなあ、と自分にがっかりすることがある。つまらぬことで腹を立てたり、誰かに当たったり、自分の苛立ちを全く関係ない誰かにぶつけたりする自分に出会う時、何もかもが嫌になることがある。

そういう時、気持ちが鬱に向かって走り出す。更に心がトゲトゲする一瞬だ。若い頃はそのまま底の底まで落ちて粉々になり、それでもそこからもう一度自分のかけらを集めて立ち上がろうとし、実際そこから走り直したものだった。ところが最近は違う。ああ、このままでは底の底まで落ちてしまうぞ、と解っていて、底の底まで今落ちたらもう戻ってこられる心の体力がないかも知れぬ、という恐怖心から「まあ、元々俺はこういういい加減で駄目な男だった」と落ちきってしまわぬようにブレーキを踏むようになったのだ。「諦めているんだよ、僕は自分自身を」と開き直る一瞬、ああ、本当に嫌な奴だなあ、と、もっと自分に嫌気がさす。

だが、「丸くなったね」と言われて嬉しい男は一人もいないだろう。「小さくなったな」と言われるのと同じだからだ。だってそりゃあそうだ。いびつな形状のものを丸くするには削ってゆくしかないのだもの。元のものよりも必ず小さくなるに決まっているのだ。

しかし、いびつな形状のものを丸くし、更に削らないで済む方法が一つある。そう、どんどん足してゆくことだ。欠けた部分に別のものを足して埋めてゆくことで小さくせずに丸くすることが出来る。

だがしかし、元々持って生まれたものは限られていて、自分で何かを足してゆくなんてことは出来ないものなのだ。だから、「足す」とは、自分以外のもので埋めるということだ、と気付いた。友達や恋人や家族や仕事仲間という自分以外の誰かに自分の欠けたところを補い「助けて貰う」ということなのではないのか、と思うのだ。自分のことを自分だけで丸くするには削って小さくなってゆくしか方法はないが、誰かが埋めてくれたら、小さくなることはないばかりか、むしろ大きくなってゆくではないか。かといって自分だけ補って貰うのでは申し訳ない。同時に自分がその人を補うことが出来たなら、なんて素晴らしいだろう。そうしてふたつのまんまるが生まれたら素晴らしいではないか、と。

そう思う時「この人のために善い人であろう」という思いこそが、大きなまんまるへの小さな一歩だと気付く。

第二十六小節

「外道という言葉が好きです」外国人教授が、僕にそう言った我が道以外にも道は存在する

「日本語で外道という言葉が好きです」——アイルランド系カナダ人のブライアン・バークガフニさんは、杯を口に運びながらふとそう言った。僕は一瞬言葉に詰まって彼の顔を見た。

「外道⁉　ですか」

僕が尋ねると彼は優しく笑って念を押した。

「はい。外道です」

バークガフニさんは一九七三年に日本にやってきた。敬虔なカトリックの家に育ったのに何故か禅に興味を持って、とうとう日本に来てしまった。そうして京都の妙心寺に入り修行をし、得度を受けて僧になった。それから十年後、何故か長崎に移り住んでもう二十年になる。現在は長崎総合科学大学の客員教授で、比較文化論や長崎の

文化史を研究している。彼が長崎に来た理由は「直感」だそうで、日本ではたとえ京都であろうとも、ガイジンの自分が店に入ってゆくとその店内に奇妙な緊張が走るのだ、という。ところが長崎だけはそうではなかったのだ、と。言われてみれば歴史的にも日本中で最もガイジン慣れしている町ではあるが、へえ？　そんなものかな？と首を捻《ひね》る。長崎人が格別に外国人に優しいとは思わないが、外国の人だけが感じる「特別な空気」が僕の故郷にはどうやらあるらしい。それで長崎に住み、長崎の歴史を見つめるうち、どうにか古い長崎の姿を実際に見ることは出来ないかと考え、思いついたのが「絵はがき」だった。明治以降、写真技術が安定してから数々の絵はがきが作られ、外国から来た多くの観光客が母国に持ち帰った。そんな昔の絵はがきをインターネットで買い集め、一冊の本を編んだ。それが「華の長崎」という素晴らしい本で、これに感激した僕は今年の夏、バークガフニさんと対談をさせて頂き、その時に、秋に長崎で一緒に呑みましょうと約束をした。

で、先日、龍馬が愛した長崎丸山の料亭花月で、東検番のお姐さん方にお願いして「ぶらぶら節」や「浜節」「春雨」など長崎物の名調子と踊りに耳を傾けながら、バークガフニさんと一献酌み交わしたのだ。実は外道はその時不意にバークガフニさんの口から飛び出してきた言葉だった。外道とは元々仏教以外の教えを指す言葉で、転じて邪教、また悪魔を指すようになった、と辞書にある。釣りではお目当て以外の魚を外道などと言う。決して美しいとは思えないそんな言葉を何故好きなのですか、と問いかけると、禅の道を行く人らしい言葉が返ってきた。

「外道という言葉は、決して自分の歩く道だけが道なのではなく、自分とは相容れないけれども他にも道があることを認めています」

成る程！　僕は膝を打った。「自分の考え方ややり方だけが正しくてそれ以外は一切認めないような心の狭い考え方ではないということですか？」「そうです」。バークガフニさんはため息をつくようにそう言った。「その懐の深い日本は、実のところ、いかがでしたのです」と。「で？」と僕が聞いた。「そこに日本人の懐の深さを感じたのか？」と。彼は申し訳なさそうな優しい顔で笑いながら言った。「それ程でもありませんでした」。宗教にしても政治にしても、自分の考えは正義で反対する者は悪という考え方、やり方がある。しかしそのやり方は後に憎しみしか生まない。本来はアメリカの傲慢な外交政策とか小泉さんの衆院選での執拗な「敵」への攻撃の仕方などは、この国の人々の「情」には馴染まないものだ。いつか必ず反動は来る。バークガフニさんが直感で選んだ日本はこういう対立・抗争・支配という手順ではなく、外道同士の調整による平和の実現を求め続けてきた国だった。明治維新という無血革命は世界史の中でも希有な平和革命だった。以後、西洋に擦り寄り始めてから、この国の人々はあたかも肉食動物的な荒々しさを持ち始めたが、本来は草食動物的穏やかさを好む人々だ。我が道以外にも道は存在する。成る程、外道とは懐の深い言葉だ。

そう言えば民主主義の基本は「たとえ自分の意見に反対する人の意見でも発言の権利を奪わない」という理念だった。自分の敵は殺しても構わない。最近の事件の数々と風潮。そんな殺伐としたこの国の事情は外国から来て此処で暮らす人々の目にはどう映るのだろう。

バークガフニさんの言葉は僕には切なく、重たかった。

第二十七小節
徳島で再会した好青年——その目に映る〝父の故郷・日本〟この国の未来を眠らずに考えた

石井アンドレア伶介はイタリア北部、美しいポー川のほとり、クレモナで生まれ育った。二〇〇五年九月に一人で父の故郷の日本に来て三ヵ月になる。実は彼が幼い頃、僕はクレモナの彼の家を訪ねたことがある。父親の石井高さんは四十年前にクレモナに移住してヴァイオリン製作者の勉強をし、クレモナ市から「マエストロ」として認定された名人の一人。僕がストラディヴァリの故郷クレモナを訪ねたのは十五年前。知人のつてで市庁舎近くの石井さんの工房を訪ねた。彼は心から歓迎してくれ、彼の家に招かれた。夕方まで彼の美しい奥さんジュゼッピーナさんや当時八歳の長男アンドレア、四歳のジュリアーナと共にワインと自家製のサラミで楽しい時間を過ごし、夕食をポー川のほとりのレストランで摂《と》った。川の向こうがパルマ。パルメザンチーズの故郷だよ。石井さんのそんな言葉を聞きながら美しい夕日を見た。レストランといっても気さくな居酒屋だ。店の中央にテレビが点けっぱなしになっており、地元の人が楽しんでいる。一緒に行った弟がテレビを指し「あれ？　風雲たけし城やってる！」と叫んだ。なかなかの人気で、画面の中で出場者が滑ったり転んだりしているのを客が笑いながら観ている。

と、突然アンドレアが僕の前に両手を拡げて立ちはだかり、何か叫んだ。テレビを観るな、と言うのだ。「日本人が馬鹿にされているようで彼は怒っているんだよ」。石井さんがそう通訳した。胸をつかれた。彼は父が日本人であることを誇りに思っている。だから日本人が笑われると父が笑われるように感じたのだろう。その幼い正義感とプライドに日本人として感動した。

あれから十五年。わざわざ徳島まで僕に会いに来てくれたアンドレアは二十三歳の好青年になっていた。まだまだ片言だが今時の日本の若者よりもずっと明瞭で美しい日本語を話す。父の高さんが所用で東京へ帰った晩、一人で徳島での僕のコンサートを聴いた彼とバンド仲間と一緒に食事をした。日本料理だったが、全部美味しいです、と有り難そうに食べた。僕の仲間がこれはどう？　と差し出す皿の品物を取る時、必ず箸を返して「いただきます」とお辞儀をした。「広島の駅弁屋さんで働いています」。

彼はそう言った。社長さんがとても良い人で、イタリア語を社員に教える、という名目も貰って働いている。幼い頃はチェロを弾いていたが、成長してスケーターになり、国際大会で日本に来てメダリストにもなった。父の仕事は継がない。母にはまだ告げていないが、ずっと日本で暮らすつもりだ。「たけし城」の件は覚えていなかったが、僕が彼を車に乗せて一緒に遊んだことは覚えていた。憧れた「お父さんの国」に来てみて正直なところどう？　と聞いた。「みんないい人です。広島大好きです」と答え、ただ……と口ごもった。その後、「日本人がアメリカに憧れることは悪いとは思わないですが」と前置きして「でも……ヒロシマがアメリカに憧れては……駄目」と寂しそうに言った。僕はうーむ、と唸るしかなかった。更に日本はアメリカの悪い部分を報道しない。イタリアはする。冷静で公平な目が日本にはないと思う。そう切なそうに続けた。でも父の国は大好きです、と。

彼の正義感とプライドは幼い頃のまま少しも曇っていない。

「父がイタリアに来て、僕が日本に来る。いつか僕の子供がイタリアに行く、それでいいです」。成る程なあ。

その晩、別れ際にアンドレアは「徳島に父と一緒にさださんに会いに来て嬉しかった」と昼間に二人で眉山《びざん》に登った話をし、大切な記念写真が撮れました、と携帯電話の写真を僕に見せてくれた。それはカメラをこちらに向かって構えファインダーを覗く父の姿だった。どうしてこの構図なのか？　と聞くと「家には僕と妹と母の写真は沢山。でもパパの写真は少し」と答えた。いつも写真を撮るのは父の役目だったのだ。だからカメラを構えた父の姿がアンドレアにとって大切な父の記憶だった。彼にとって父の姿はいつも優しく家族を見つめる、カメラを構えた姿なのだ。涙が出た。

さて、彼が憧れた父の国は彼を失望させないだろうか。彼の正義を壊さないだろうか。

この国の未来について一晩眠らずに考えた。

彼の眼差しが眩《まぶ》しかった。

第二十八小節

挫けるな、社会に丸め込まれるな
自分の「夢」を風に乗せてみよう
決して諦めずに生きよう

歳末に映画「ＡＬＷＡＹＳ　三丁目の夕日」を観て、ほろほろと泣いてきた。集団就職の子供達が余りにも明るすぎたこととか、土管の積んである原っぱが無かったことなど他愛もない不満は別として、とっても佳い映画だったなあ。映画を観た後、あの時代を知る者として当時を思い出し、改めて感じたのは、あの頃の子供達のきらきらとした好奇心に満ちた笑顔の美しさだった。無気力な灰色の瞳をして、唇の端っこだけで力なく笑う現代の都会の子供達とは明らかに異なる次元の生物。それが昔の子供だった。良く喋り大人達からうるさがられた。何で？　何で？　何で？　と、とにかく不思議なものに出会ったら正体を確かめずにはいられなかった。大人達も子供達にせっつかれて聞かれれば、誤魔化したり適当にあしらったりしながらも無視だけはせず、きっと相手になってくれた。その信頼感。あれ程社会全体が貧しく、物にも不自由していた時代に、子供達があれほど幸せそうな顔で笑えたのは、身近に大人達の確かな体温を感じて安心して「子供」でいられたからではないだろうか。その体温が感じられない社会になったからこそ、今のように物も豊かで社会も豊かで何の不満もない生活をしている筈なのに、逆に人々は不幸せに疲れた顔をするのではないか。

これは僕の勝手な推測だが、戦後の復興期、経済成長期は当時の社会の中心になる大人達の年齢が平均的に若く、しかしそれでいて責任ある仕事をさせられたから少し背伸びをしながらも、きちんと成熟したのだろう。つまり社会や立場が人を育てることの出来た、大人が大人であり得た時代だったのだ。

僕は小学校を出た直後にヴァイオリン修行のために単身上京して下宿生活をした。今となればこのことに驚く人もあろうが、その頃、僕の母が三十七歳だったことにもっと驚く。きっとビジョンがあったのだ。母には母の。「この子を東京へ音楽修行にやることはいつかきっとこの子の将来の役に立つ筈だ」という信念があった筈だ。そうでなければ、ただでさえ生活の苦しい我が家から息子を一人で東京へ勉強に出すというような無茶など実行出来なかったろう。

「未来への展望」や「決心」というものはそれ程大切なものの筈なのに、今日本が不幸なのは未来に対する何の「展望」も「決心」も無いからだ。もっと分かりやすく「夢」と言い換えよう。貧しい時には「豊かになりたい」という夢一つで人は頑張ることが出来る。お腹が空いて仕方がない子供達は「お腹一杯食べたい」という夢だけで生きていける。そんな社会的な希望が次々に実現し、ありとあらゆる物質が手に入るようになって日本人は「夢」を失ったのかも知れない。或いは「夢」と思い込んでいるものが全部お金で買えるようになったので「夢」と「お金」を混同してしまったのかな？　そうしてとりあえず「お金があれば幸せは買える」と錯覚をしたのだろう。本当は「夢」や「幸せ」なんて自分で頑張って作るもので、出来合いのものを買って心にはめ込んで済ませる種類のものじゃないのにね。確かにお金があればどんな物でも手に入るし、人の心だって一時なら動かすことは出来る。だから今、強き者とは「金持ち」を指すようになった。これは間違いだ。

本当に強い者は仮に貧しくとも友達に愛され、いつも人の輪の中で笑っている心の豊かな人だと思う。何故なら、お金を持って死ぬことなんて出来ないし、死ねばどんな財産も直ちにその人から離散し、或いは朽ち果ててしまう。しかし人の心は違う。死んだ後でもその人を愛する人々の心の中で永く生き続ける人のことを「強い人」というのだ。

強い人になろう。挫《くじ》けるな、社会に丸め込まれるな。今の日本は眼が曇っているのだ。間違った霧の中にいる。だが何時か風が吹けば霧は晴れると信じよう。

今年は戌《いぬ》年。折角このコラムを読んでくれているあなたに提案。今年は「夢」を持とう。自分の心の中にきっと押し込んで握りつぶしつつある「夢」がある筈だ。そいつをもう一度日差しにかざして見つめよう。人を救うのは何時も「人」。周りの人と話をしよう。人を大切にしながら自分の「夢」を風に乗せてみよう。決して諦めずに生きよう。佳い年にしよう！

第二十九小節

大みそかの紅白&生番組出演——番組という生命ある樹を視聴率の斧で切り倒さぬように

正月にこの原稿を書いているので話題が間抜けだったらご免なさい。さて、紅白歌合戦も無事（?）終了し、視聴率はどうだったのかしら?

いずれにしても、なあにＮＨＫよ、ばたばたするなと言いたいのは、世間で言う「紅白の視聴率」というのは首都圏や関西圏といった大都市圏で、という前提条件付きの「大都市限定視聴率」に過ぎないって開き直れば良いって話。日本中探しても、テレビが見られるのにＮＨＫが見られないって場所はほとんどないんだから。田舎じゃやっぱり紅白だよって僕の友達は言ってる。都会は別かも知れないけど。それに仲良しの民法のプロデューサーが言っていた。「弱い紅白に挑む気がしない。やはり紅白が強いと挑む方は燃える」って。幾ら不祥事があったからっておどおどして民衆の顔色なんか窺っちゃ駄目。結果が欲しいのは人間として理解するけど、胸張って「融通の利かない、頭の固い、不器用だけど誠実に」っていうNHKらしさは失って欲しくないなあ。面白おかしいことをやって民放に勝てる訳がないんだから。今時スイッチ捻った途端に「あ、何処の局の番組だ」って一瞬で分かるテレビ局なんてNHKだけなんだから。この個性は大切にしましょうよ。などと偉そうに言いながら紅白歌合戦が終わって一時間も経たない一月一日の午前〇時二十五分から、なんとそのNHK総合テレビで「年の初めはさだまさし」などというけったいな番組をやってしまった。

どういう番組だったかというと、昔のラジオのDJ番組をテレビで生でやっただけ。目指したのはラジオ深夜便のテレビ版だ。これなど、視聴率を気にしていたら絶対に出来ない番組だったろう（ま、NHKも時間帯を考えて、誰も見ていなくても良いかって思ったのかもね）。日本中から寄せられた葉書を通して伝わってくる人々の生活の中の体温。下手くそでも一所懸命生きる人の言葉から、ああ、私は、人間は、独りきりで生きているんじゃないんだ、と自分を励ます。そして音楽ディスクをかける代わりに自分で歌う、という実にのんびりした番組。思いつきで十二分半もある「親父の一番長い日」を「紅白では永遠に歌えない歌だから」などと歌ったり、お別れは葉書を読みながら綺麗にまとめて、とか言っていたのにこれまた時計とにらめっこしながら「北の国から」で終わってしまったり。スタッフには始まる前から予定は未定にして決定にあらず、と言い聞かせながら〝のほほんと緊張しながら〟戦いに挑んだが、小林幸子さんの〝想定外〟の乱入や、平原綾香さんやスキマスイッチとの「紅白反省会」の長さなどに追い出され、当初考えていたコーナーのほとんどはすっ飛び、思いがけずに途中で開き直り、却って自由奔放でまったりとした気まぐれな「のんべんだらり」の番組になった。だが僕はこれを見てくれた人との間には何かしら「今、共に生きている」という生命の共有感を持つことが出来たのではないか、と信じているし、感じている。番組が面白かったとか、視聴率がなんぼだった、では決して表せない何かがテレビという魅力あるメディアにはきっとある筈なのだ。

テレビを見ていて何時も思う。たとえばきちんと何かを感じさせてくれる「作り手の魂を感じる番組」という生命ある樹を「視聴率」という斧で切り倒してはいけない。紅白もそう。人の顔色に関係なく、プライドを持って伝えたいことを伝えれば良いと思う。魂の樹は何時か考えられない程素晴らしい果実を人の心に生み出すだろう。では「面白く、意味があって、視聴率もある程度稼ぐ」、野球で言うなら攻・走・守三拍子揃った番組とは一体どういうものか。興味あるね。しかも安上がりなら言うことはないしね。今回この番組を一緒に作ったNHKのプロデューサーはかつて長い時間をかけて「鶴瓶の家族に乾杯」という番組の原型になった番組を一緒に企画し作りあげた男。昨年来、色々あったNHK。悪い部分ばかり見ないであげて。一所懸命頑張っている人の方が多いんだ。僕は弱っている時こそ応援しなきゃ、って気持ちになるなあ。

ま、だから受信料払ってあげてよ（笑）という今年のスタートでありました。

今年もどうぞよろしく。

第三十小節
ロックとは、「おかしい」と思ったら「変だ！」と、恐れずに口に出す勇気のことをいうのだ

　昨年の紅白歌合戦の吉永小百合さんの詩の朗読と僕が歌った「広島の空」がかなり評価されたと聞いて嬉しかった。友人の一人は「時代から遅れているんだか進んでいるんだか解らないけど、今やお前だけだな、紅白なんかでロックやってんの」と笑った。確かにそう。一昨年の「遙かなるクリスマス」はイラク戦争に端を発して、未来の日本の子供達を今の大人達はどう守れるのか、と歌った。昨年は長崎という被爆地に生まれた者として、原爆そのものよりも、人を傷つけるための道具を次々と生み出す僕ら自身の心の闇について「繰り返さないでくれ」と歌った。確かに何も紅白で一人だけ「ロック」などやらなくても、と自分でも思うけれど、NHKの若いスタッフの強い要望だし、個人的にも「今、この国の心の状況はかなり変だ」と思うことが沢山あるから、みんなから「うざい」と思われても叫ぼう、と決めた。

「ロック」とは、「世の中がおかしい」と思ったら「世の中が変だ！」と恐れずに「口に出す勇気」のことをいうのだ。

僕ら表現者は「炭坑のカナリヤ」で居なければならない。炭坑の坑道の何処かにガス溜まりがあるかないかを調べる機械の無い昔、炭坑夫達は生きたカナリヤの籠を下げて坑道に入った。ガスが発生していれば賑《にぎ》やかに騒ぐカナリヤが先に死ぬ。人間はそこから引き返せば生命が助かる、という訳だ。僕らはそのカナリヤであり続けようとする心を忘れてはいけないと思う。

勿論、「歌」というのはそんな重たく、面倒くさいことばかりではいけない。こちらもくたびれる。生きる楽しさ（例えば愛、例えば遊び、例えばこころ）を歌うのは勿論のことだ。しかし同時に、生きる苦しさ（例えば生命、例えば生活苦、例えば病気）から目をそらしてもまたいけない。日常生活を思えば解る。僕たちは一日中楽しい訳でも、一日中苦しい訳でもない。楽しみの中に時折苦しさや悲しさが訪れ、苦しい最中にふと、喜びが訪れたりする。喜びの絶頂の時、既に悲しみの種は蒔《ま》かれているが、よく見れば絶望のどん底の時、既に喜びの芽は必ず芽吹いている。生きるということはそういうことなのだと思う。

僕は歌う勇気がある限り、たとえみんなに届かなくても声を限りに「生きる楽しさ」と「生きる苦しさ」を歌おうと思う。それには自分自身が「生きる」ということと、きちんと一所懸命向かい合うことだ。何故なら自分が正面切って自分の生命と向かい合っていなければその楽しさや苦しさを表現出来る筈などないからだ。

さて、では世の中にはそういう僕の声がきちんと届くかというと、残念ながらそう簡単なことではない。

言葉というものは「価値観」が違うと伝わらないからだ。どれ程心を尽くし、深い言葉を重ねたところで、その言葉の意味が解らない人には理解しようがない。また、人の価値観を理解することは難しい。自分には自分の価値観があるからだ。だが、あなたの価値観以外にもこういう考え方がありますよ、と伝えることはカナリヤとして大切なことのような気がする。そのことによって人生の目が拡がることがある。事実、僕は先輩や友人の言葉から、また映画や音楽や本などから、凝り固まった自分の考え方以外にもこういう素敵な感じ方、考え方があるのか、と目から鱗《うろこ》が落ちる思いで教わることは多く、それが、以後の自分の人生をうんと明るく強くしてくれていることも確かだからだ。しかし考えてみればそういうことを音楽でやるのは大変だ。思うことを伝えるだけでは駄目。音楽はまず「美しく」なければいけないのだ。ああ、実際俺は大変な仕事をしているのだなあ、とここに至ってやっとため息をつく。

よし、ならばもっともっと人々の心に肉薄する歌を作ってやろう、と思ってはいるが、世間の価値観と、最近どうにも嚙み合わないのだ。ことに生命について、心の有様について、お金に対する考え方、また、遊びに対する感覚や意識。親、友達、恋。どれもこれもだ。それは単に僕が年老いて理解出来ないということだけではない筈だ。人々自身もまた生命や心といった「自分」に迷い、理解出来ていないのではないか。

今年もそんなことについて必死に伝えてゆく決心をしたよ。

第三十一小節
「拝金主義」の台頭――
確かにお金は大切だが、生命や心まで売ってたまるか！

次々とお金が出てくる打ち出の小槌《こづち》は魔法ではなく種も仕掛けもある手品でした、とがっかりしたライブドア事件。後出しジャンケンやブラフで積み上げた架空の資産だったのか。

ここ数年のホリエモン旋風を「ジャパニーズ・ドリーム」と見てエールを送っていた人々は「堕ちた偶像」にさぞ失望しているだろう。その堀江氏が著書で「人の心はお金で買える」と言い放ったことに反発したいけれど、確かにお金があれば大概のことは片が付くし、大抵の物も買える。実際、人の心はお金で動かすことも出来るんだよな。だって、嫌だなあと思ってもその時だけ息を止めてお金のために我慢してやり過ごすなんてことは誰だって出来ることだろう。けれど死んでも嫌だ、と思うことは絶対出来ないと思うけどなあ。人によるのかなあ？　思えば耐震構造偽装事件の姉歯元建築士の発言「仕事が無くなると思うと（偽装指示に）逆らえなかった」と聞けば、誠に「人の心はお金で買える」と言いたくなる側の気持ちも分かる気がする。だって、お金のために「住処《すみか》」という「人の命」を守る場所の安全を売り渡すことが出来るのだから。ではお金は万能なのか、というと勿論違う。所詮「国が発行した」紙切れや金属に過ぎず、国が消えたらその価値も消える。その程度の物だ。ＣＭがしつこく叫ぶようによーく考えなくともお金は大切だが、だからといって生命や心まで売ってたまるか！　と叫ぶ。

拝金主義者のことを日本では昔から「金の亡者」という。

さて、「亡者」とは広辞苑には、(1)いてもいないと同様の人　(2)生きていない人。死んだ人。亡き人　とある。

つまりお金に生命を売ったために生きながらにして心が死んでしまった人のことだ。仮にお金で人の心は買えても生命は買えない。亡くなった人を買い戻してくれ、と言ったところで無理に決まっているのだ。人の心はそういう物だ。その代わり愛する人のためなら代わりに死んでもいいと思う心がある。子供を殺すなら私を殺せ！　という親心は絶対に揺るがない。揺らいではいけないのだ。野党は選挙で堀江氏を担ぎ上げた政府の心根を攻め、性急な規制緩和策が姉歯事件のきっかけ、と噛みつくが、小泉内閣の拙速はある意味で仕方がない。何故なら自民党総裁の任期は一期三年で二期が限度。どんなに頑張っても六年で首相の座を下りることになっている。アメリカ大統領は二期が限度だが一期四年、つまり八年は仕事が出来る。県知事だって一期四年で何期でもやれる。昔は在任二十年なんて知事も居た。長くやればよいとは思わないが四年でこの国を変えるのは不可能だ。まさに小泉内閣のようにせいぜい「ぶっ壊した」ところでさようなら、が限度だろう。短い持ち時間の中で出来ることは急いでやる、という小泉総理の強い意志と決断力、その実行力は実に素晴らしい、と思う。様々な「改革」が正しいかどうかは別にして、まさに小泉さんでなければ絶対に出来ない仕事だったろう。一歩も引かない意志と信念は最近の政治家にはなかなか見られない。これは本当に立派だが、問題はその「人気」を背景にした性急な手法にある。強引で、頑迷と思える程「言い出したら絶対に譲らない」態度は、逆から観れば「身勝手感」に映らないか。それを押し通す「力技」は国民の深層心理にじわじわ影響を与えた筈。

たとえば「勝ち組・負け組」という差別化を堂々と認める政府の「弱者は敗者」と

いう価値観。何をやっても「勝てば官軍」という考え方。穿《うが》った見方だが、自分の敵は徹底的に叩き潰すのが正義、という「独善的」な力の論理はまさにアメリカ社会の利己主義、排他主義の礼賛とも見える。今、この国の最も深刻な「心の問題」は、長い不況という国民のいらだちを背景にしたこのような「経済至上主義」、冷たい言い方をすれば「拝金主義」の台頭にある。

お金が欲しいのは誰も一緒。しかし一方で「自分では何も生み出していない」のに「資金を転がす」方法で儲ける人があり、間違っていない方向で一所懸命汗を流して頑張っている人がちゃんと報われない、というのはどう考えても平等ではない。「平等」とは努力に見合う、ということを言うのではないかと僕は思うがいかが？

風が伝える愛の唄

夢一夕

閑かな日だまりに並んだ　ささやかな鉢植えの様に
老人たちは　おだやかに吹いて来る　風を聴いてる

遠い昔のことの方が　ずっと確かに憶えている
遠ざかる風景は何故か　初めて自分に優しい

生まれた時に母が　掌に与えてくれた
小さな宇宙だけがいつも　私の支えだった

こうして今すべてを越えて
しぼんだ掌に残ったのは
父の文字で　おまえの生命と書かれた
夢一匁

生まれ来た生命よ　すこやかに羽ばたけ
悲しみの数だけをけして　かぞえてはいけない
父と母が伝えた愛に　抱きしめられた子供たちよ
みつめてごらん　その手に小さく光る
夢一匁

夢一匁

from「自分症候群」

夢一匁

「裸一貫」という。

「自分の身体の他には何も持たずに生まれてきたのだから」という、人の志の原点になる言葉だ。「裸一貫から身を起こして」などというが、尺貫法の質量で一貫はおよそ三・七五キログラムになるから、ちょうど赤ん坊が生まれてくる時の重さくらいだろうか。僕の誕生時の体重が三八〇〇グラムだったそうだから、まさに裸一貫で生まれてきた訳だ。さて、「一匁」は「一貫」の千分の一、つまり三・七五グラムの重さになる。五円玉が一枚丁度三・七五グラム、つまり「一匁」だそうだ。

幼い頃、「はないちもんめ」という童歌の遊びがあった。何人もの子供が手を繋ぎ「ふるさとこいしや、はないちもんめ」などと歌いながら、二列で向かい合って行う対抗戦で、じゃんけんで自分たちの列の人数を増やしてゆく遊びだった。歌いながらステップを踏み「あのこがほしい」と言うと、相手側が「あのこじゃわからん」と切り返す。「このこがほしい」「このこじゃわからん」と続き、次に「誰々ちゃんがほしい」と互いが指名し、その二人がじゃんけんで勝ち負けを決め、負けた方は相手の列に吸収されてゆく。最後、その遊びはどう決着がついたのか、それともあれは何かのゲームの前哨戦で、味方の数を確保するためのものだったたか、もうすっかり忘れてしまった。ただ、「ふるさとはなれて、はないちもんめ」という旋律と言葉の響きは大人になっても忘れられず、ある日ふと、「花一匁」と書いてみて奇妙な感動を覚えた。そうか、三・七五グラムの花びらなのか、なんとささやかな歌だろうか、と。ある日ふと掌に落ちた一匁の花びら。それは故郷の実家の庭先に咲くものと同じ花だったたろうか。「故郷恋しや花一匁」。誰にもある切ない望郷の呟きだったたろうか、と。

裸一貫と言うが、赤ん坊は必ず両手を握りしめて生まれてくる。あれは一体、何を握りしめてくるのだろうか、と考えたことがあった。

僕の答えは「元気」と「勇気」である。人は右手に元気を、左手には勇気を握って生まれてくるのだ。何故ならばこの二つは全く同じ奇妙な性質を持っている。それは「使えば使うほど増える」ものであり、「使わねば使わぬほど減ってゆく」からだ。人は裸一貫におよそ五円玉一枚ずつの重さの「勇気」と「元気」を握って生まれてくるのだ、と想像するだけで楽しいではないか。それを千倍万倍に出来るかどうかを決めるのが「志」ではないか、と。

第三十二小節

長崎駅の二番線ホーム——
惨めな帰郷だった
恥ずかしさで震えた膝頭を忘れない

桜の芽がふくらみ始める頃になると、ああ、もう故郷を想う季節だなと思う。僕が長崎を出たのは十三歳になったばかりの春。故郷では天才少年とおだてられ、皆、僕のことを、華の大東京の大先生様に見いだされて出て行く幸せ者だと思っており、いつかヴァイオリンの世界で名をなして故郷に錦を飾ると信じていただろう。

しかしやがて音楽高校の受験に失敗し途方に暮れたのも早春の頃。気を取り直し普通高校を受け、二次募集で補欠合格したのも桜の芽がふくらみ始める頃だった。そんな絶望の底から始まった高校時代の友達は今でも宝物だ。僕の厳冬の時代を支え、共に歩んでくれた仲間達だ。だが無念にも高校三年になる春、僕は才能と家の家計を量り、音楽大学の受験を断念した。屈辱の決心だった。

この年、生まれて初めて帰郷しなかった春休みに、僕はあてどない午後を千鳥ヶ淵の桜の下で過ごした。風は身を切るように閃《ひらめ》いて僕の足下を吹き抜けた。はらはらと散る桜吹雪の中、見下ろせば堀一面の花筏《はないかだ》。僕は足下の石を拾って投げた。同心円に拡がる波紋は数センチの花の隙間を水面に拡げただけだった。やがて恩師の勧めに従い推薦試験を経て大学に入った。これが痛かった。結局俺は音楽という厳しい道から逃げに逃げたのだ、という傷がなかなか塞がらなかった。僕は更に逃げ、夜になると千葉県市川市の、幾つかある独身寮を相手の食事処の板場に立った。ほとんど大学へも行かず、昼は住宅リフォームのアルバイトを始めた。朝八時に現場に行き、雨樋《あまどい》の掛け替え、トタン屋根の葺《ふ》き替え、ペンキ塗り替えなどの仕事をし、午後五時にアパートへ帰り、深夜一時、二時まで板場に立った。部屋に戻り、ギターを抱えてあてもない歌を作り、数時間仮眠しては朝の仕事に出て行く。これを半年もやらないうちに酒と過労で肝臓をやった。二十歳の夏だった。

　惨めな思いで逃げ帰った故郷はそれでも温かだった。長距離急行列車でたどり着き、長く薄暗くひんやりとした長崎駅の二番線ホームに降り立ったあの時の、恥ずかしさでカタカタと震えた膝頭を忘れない。旗を振るように送られた天才少年が音楽にも挫折し、酒で身体を壊して逃げ帰ったのだ。

惨めな帰郷だった。

翌日、高校時代の音楽仲間、ギタリストの吉田政美がキャバレーバンドから逃げ出して長崎に来た。「グレープ」が始まった。運良くとんとん拍子にプロデビューしたのが翌年の秋。「精霊流し」という大ヒット曲は更にその翌年の春に生まれた。音楽で生きて行ける。その喜びで頑張り過ぎ、次の年の夏にはまた身体が動かなくなった。僕の音楽はこうして一度幕を閉じたのだが、縁あってソロになり、運あって未だに歌いながら生きている。僕は幾度もの絶望の淵を経て、奇跡的に、再び、三たび音楽に戻れたのだった。僕の故郷からの初めての旅立ちの時、泣きながらホームを走り、ちぎれる程手を振って送ってくれた小学校時代からの親友とは今でも呑み仲間だ。

去年の二月末日、旧国鉄時代東京－長崎間を走り抜け、列車番号一番の栄光を背負った「特急さくら号」が時代に追われて廃止された。廃止直前の二月二十三日、僕は親友三人と東京から長崎へと帰る「特急さくら号」に乗り込んだ。十数年ぶりの列車での帰郷だった。十九時間以上かかって「さくら号」は故郷にたどり着いた。終着駅長崎でさくら号のエムブレムへ向かって「長い間ご苦労様でした。ありがとう」と頭を下げた時、涙が落ちた。良い時も悪い時も少しも変わらず長い間僕を見つめてくれ、温かく迎えてくれた長崎駅があの日、雨模様にもかかわらずいつもより少し明るく見えた気がした。様々な想いで埋め尽くされた故郷の駅に降り立ったその日、僕の膝頭は今は感謝に震えた。

春は故郷を思う季節だ。

「良かれ悪しかれ」まず生きろ、と故郷の駅がいつも僕に語りかけてくれた。「良かれ悪しかれ」と胸の内で僕も小さく呟く。照る日曇る日嵐の日。季節の花は、どんなに寒い冬でも、自分の季節を目指して少しずつ咲く準備をしているのだよ。

うん。そういえば春の来なかった年は一度もなかったな。頑張れ、都会で頑張るつぼみ達。いつか咲くから。

第三十三小節
——我が家の小さな生命の話
生命の意味など誰にも判らない
奇跡は一所懸命の魂だけに降るのだ

我が家の愛犬フレディ君（パピヨン・十四歳オス）は生まれた時から気が優しく人なつこく、誰にでも好かれる犬だった。母はワールドチャンピオン。血筋も良く美しい犬だったがコンテストとは無縁に自由気ままに生きた。

ところがその彼に異変が起きたのは去年の夏。彼を可愛がった担当の女医さんが前立腺ガンです、と涙ぐんだ。犬の前立腺ガンはたちが悪く、早ければ一ヵ月、抗ガン剤治療を施してせいぜい三ヵ月。だが、抗ガン剤治療を行えば抵抗力も落ち、気力も奪われる。そう判断し、ハタケシメジやプロポリスといったサプリメントによる民間療法を選んだ。「生物としての僅かな延命」よりも「犬」として自由で誇りある晩年を過ごさせたかったのだ。意外にも彼は皆の心配をよそに元気に生きた。尤も、八月に自力で飛び乗った椅子に九月には上れなくなるといった老いは確かに見て取れた。

しかし予測された生命限度の十月、奇妙にも彼のガンの部位は拡大せず、他への転移も見られなかった。「奇跡です」とお医者は笑顔を見せた。「しかしガンが治った訳じゃない」とも。

十一月に入ると尿に血が混じり、時々苦しそうに見える。抗生物質の他に痛め止めの使用開始。僕が帰宅すると必ず美味しいものをあげるので、彼は僕の顔を見ると元気におやつのはいった戸棚に飛びつく。「いつ死んでもおかしくない状態」と言われても、そう酷い状態とは思えなかった。が、十二月になると急激に衰えを隠せなくなった。一日中うとうと眠っている日がある。出来たら痛みに苦しむことなく逝ってくれたら、とも願うが、食べ物もきちんと食べ、水もよく飲み、遊んだので、彼の「犬」としてのステージは決して落ちなかった。時折ふらつくようだが僕の顔を見ると元気そうにおやつをねだる。この頃には耳が遠くなり、大声で吠える力も奪われたようだ。それでも生命力の強い犬で、危なくなっては立ち直る繰り返しで頑張り、どうにか年を越した。「脳に転移」と言われたのは今年一月。もう走り回るのは無理だったが、僕が部屋で仕事をしていると、玩具をくわえてきて遊ぼうとした。暫く相手をすると、すぐに彼の方がくたびれて去ってゆく。一月半ば頃、帰宅した僕を迎えに立ち上がった途端、足がもつれて倒れ、そのまま二日寝た時には、もう無理だ、と皆覚悟をした。見た目にもはっきりと病魔が彼を追いつめているのが判る。

やがて一月の末、最大の危機が来た。検査に行った病院で倒れ、「覚悟を」と言われた。この頃、医学的には既に「あり得ない生命」を生きていた彼は、数日頭を持ち上げるのも辛そうに寝ていたのに、なんと二月に入り、家族が久しぶりに信州に帰る日まで生きた。ぐったりとした彼を車に乗せてそれでも大好きな信州で死なせてやるため無理に連れ帰った。

そしてその二日後に「最後の奇跡」が起きたのだ。

水も食べ物も受け付けなかった彼がおやつを食べ、水を飲んだ。そうして何と三日目には立ち上がり、四日目には驚くべきことに庭を走ったのだ。こうして神様のくれた最後の一週間の奇跡を彼は元気に楽しそうに生きて、東京へ戻ってから三日目に死んだ。最後の晩は苦しそうな息の下で家族全員の膝に擦り寄り、ふと皆の虚を衝いたように明け方逝った。

さて、我が家のこの小さな生命の話を読者はどう受け止めてくれるだろうか。冷たく言えば九月に死ぬ筈の犬が二月まで生きて死んだだけの話だ。だが彼は一所懸命に

「自分らしく」生きて、そして死んだのだ。

一体生きることや生命とは何だろうか。親が子を殺し、子が親を殺す。大人が子供を殺し子供が子供を殺す。数万円のお金のために人を殺し、またあっけなく自殺する若者、中高年。そんな人間達をこの犬はどう見たのだろうか。一所懸命生きることの尊さを、僕はこの小さな生命が尽きる時に教わった気がする。「何故生まれたか」など考えるだけ無駄だ。生命の意味など誰にも判らない。生まれてきたこと、今生きていることだけが事実だ。

大切なことは如何に生き、如何に死ぬか、だ。そう、「死ぬ」というのは、生き残った者に生きる感謝と生きる勇気を与えるための「最後の仕事」をいうのだ。そして奇跡は一所懸命の魂だけに降るのだ。

大切に生きようじゃないか。

第三十四小節
「今生きている自分」を大切にしようということ
——伝えたいのは唯一つ、だ

今年は実に忙しい。

これはおそらく紅白歌合戦の後、慌ただしくNHK総合テレビで「年の初めはさだまさし」という二時間の生放送をやったせいじゃないかと睨《にら》んでいる。いつもそうなのだ。年明け早々から「大仕事」をした年はまず間違いなく忙しくなるというのが僕の経験からの予感。それを裏付けるように一月の末にはコンサートツアーの合間を縫って故郷の長崎で、三日間びっしり、四月に発売になる新曲のプロモーションビデオの撮影をしてすっかりくたびれた。二月に入っても、去年からの宿題だった曲作りや詞作り、レコーディングに挟まれ、テレビ出演などに追われながらのコンサートツアー。それればかりじゃない。四月に新潮新書から出る本「本気で言いたいことがある」のまとめに追われ、新作小説の準備に追われながら三月に入り、今はまた長い長いコンサートツアーの追い込みに入ったところ。本当に瞬きする内に年度末、そして新年度の始まりという訳だ。「忙」とは「心」を「亡くす」と書くし、「慌」も「心」が「荒れる」と書くのだから、そういう言葉を使っちゃいけないぞと思うが、ついつい愚痴が出る。勿論、愚痴を言いつつ心の中では「仕事があるのは有り難い」と本当は感謝しているのだけど。

さてまず本の話。「本気で言いたいことがある」というタイトルどおり、かなり真面目に、大切な我々の家族について、大切な我々の国・日本について、大切なそれぞれの人生について「生命」「時間」「心」「義」「情」といったテーマに分けてきっちり話している。かなり激しいことや結構おバカなことも言っているが、伝えたいのは唯一つ。「今生きている自分」を大切にしようということだ。それには、自分の今居る立場や場所を理解し、自分は果たしてどういう状況や環境を求めているかを分析し、これから「何をしたい」かということを冷静に判断する力が要る。では「自分の心」は、そのために一体どういう準備をしたらいいのか、ということについての僕なりの熱い思い。それが今「本気で言いたいこと」なのだ。気が向いたら手にとって読んで欲しい。

次に本業の音楽のこと。実は四、五月の「NHKみんなのうた」で僕の歌が流れる。タイトルは「がんばらんば」。長崎弁で「頑張らなくっちゃ」という意味だ。僕の仲良しの、大好きなお医者さん鎌田實先生の「がんばらない」という本は本当に素晴らしい本で、医者として「そんなに頑張らなくてもいいよ」と言ってあげたくなる程「頑張りすぎ」の患者さんを見てきた鎌田先生らしい温かなエールだ。頑張りすぎる人には僕だって「そんなに頑張らなくっていいんだよ」と言うだろう。しかし全然頑張ってない人にはやっぱり「頑張れ」と言いたい。で、落ち込んでいる友達を勇気づけ「一緒に頑張ろうよ」という歌を作った。しかもこれ、長崎弁の歌詞をラップで聞かせるのだから笑える。「NHKみんなのうた」ではアニメのお地蔵さんが踊るが、プロモーションビデオでは勿論僕も踊る。長崎の少年少女二十人のダンサーチームと三日間踊った踊った。ロケ場所が凄い。グラバー園、大浦天主堂、孔子廟、長崎歴史博物館、眼鏡橋と長崎の観光案内ビデオみたいになった。それぞれ観光地だから観光客が一杯来てる訳だ。長崎観光に来たらグラバー園でさだまさしが踊ってたらそりゃ驚く。みんな面白がって携帯電話で踊る姿を撮るから、もの凄く恥ずかしかった。場所ごとに違う服。英国紳士、謎の中国人、怪しい神父さん、長崎奉行と演じ分けて踊る。おまけに微妙なラッパー四人衆まで一人八役。くたびれる訳だ。歌そのものは落ち込んだ親友を頑張れ頑張れと勇気づける歌だからお笑いでは無いんだが、何故か笑える。結構良く出来た、と思う。敢えて「長崎弁バージョン」と銘打ったのは、他の地方の人がこの歌にどんどん自分の言葉で歌詞をつけて、歌ってくれたら面白いと思ったからだ。尤も、長崎の童歌「でんでらりゅう」のフレーズが繰り返し出てくるから、そこは歌詞の差し替えが難しそうだが。

ともあれ、元気な一年にするために、ますます頑張って面白いことをやってゆくつもり。

さ、これからアルバム作り。よかよか。ゆっくり頑張ればよか。

第三十五小節

野球の少年ファンを増やした
WBC第一回大会の世界一！
こうして伝説は手渡されてゆく

「デービってる」という。今、僕のコンサートツアー仲間の間では、間違いなく黒なのに自分の都合でそれを白と言い張る状態を「デービってる」というのだ。そうWBC（ワールド・ベースボール・クラシック）でのアメリカ人審判ボブ・デービッドソン氏が語源だ。「今のはセーフだろ」「いやアウト。俺はその方が都合がよいから」。あんな無茶が通るのかよと日本チームも怒ったけどメキシコの方が怒った。そりゃホームランを二塁打にされたら誰だって怒る。贔屓《ひいき》の引き倒しで逆にアメリカチームはシラける。うーむ。日本の優勝はあの御仁のお蔭だったのかも。六勝一敗の韓国が準決勝敗退で五勝三敗の日本が優勝では韓国には誠に気の毒だが、そういうルールなのだからしょうがない。それにしても出鱈目《でたらめ》な審判も居たものだが、あの人、アメリカでは「立派な愛国者」で通るのだろうか。無理を平気で通す国だから道理は引っ込むか。原爆を落としたのも早く戦争を終わらせるための「正義」なのだ、と国民の多くが信じ込んでいる国だもんなあ。そんな国の属国で居るのも辛い。しかし日本の政治家が、それが楽なんだよ、一番だよ、正しいよ、と上手いこと国民を誘導するものだからどうにもならない。

思えば、うちの首相もかなり「デービってる」よなあ。国政選挙を郵政民営化賛否の国民投票にすり替えちゃうんだから凄い。野球のプレー中に「オフサイド！」って言われるような感じだものなあ。その「改革」のお蔭で人々の生活格差までアメリカ並みに激しく拡がっている。九十五億円のポケットマネーで会社を買っちゃう人ってのも実に羨ましいけど、一方で今月の保険料を払えない人が沢山いる国になってしまったんだ。この国はアメリカの小型になった訳。ま、そのことは今回はいいや。せっかくの春なのに気持ちが暗くなる。

野球の話をしよう。さてあの時、「野球が生まれた国でこの様なことがあってはいけない」と言う自制の利いた王さんのコメントは、王さんらしい素晴らしい人柄が滲《にじ》んでいて感動した。ともあれ、その王さんのお蔭で日本は世界一になった。韓国戦、キューバ戦での指揮は小気味よい程ずばずば当たったものね。そりゃあ何と言っても嬉しいさ。第一回大会の世界一だものね。何だか良く解らないルールに救われたようでもあり、やっぱり強いチームだった、とも思う。毎日、テレビで中継を見ていて、子供のようなイチローの輝く瞳と一喜一憂が美しかったな。本当に野球が好きで、絶対手を抜かない一所懸命さはあのチームの他の選手の野球人生に何らかの良い影響を与えたと信じられる。二次リーグで韓国戦に負けた瞬間、激昂《げっこう》したイチローが思わずベンチで下品な言葉を自分自身に叩きつけるように叫んでいるのが画面の口の動きで解った。「自分の野球人生で最も屈辱」という悔しがり方などから、日の丸背負って外国で生きている男の、母国や日本野球に対する愛と誇りが伝わってくる。

たとえば高校野球を見ていても、優勝するチームは勝つごとにチームがまとまってゆき、一戦一戦強くなっていくものだ。WBCでの日本チームはまさにそんな感じで、決勝のキューバ戦など、やる前から負ける気がしなかった。シャンパン・ファイトでのはしゃぎようの可愛かったこと。「諸君は、素晴らしい！　さ、今日は思いっきりやろうぜ！」と叫んだ王さんの子供のような笑顔を見ていて、ああ、同じチームにいて、心が一つになると、年齢など関係なく、みんな同い年になるんだな、と思ったら羨ましくて涙が出たよ。松坂や上原、また川崎や西岡、さらに里崎などの今年の活躍が実に楽しみだ。また、日本チームの活躍やイチロー効果は、このところ他のスポーツに押されつつある野球に多くの少年ファンを増やしたかも知れないと思う。それはもしかしたら未来の名選手を生み出す大きなきっかけになる可能性を孕《はら》んでいるのだ。そうか、こうして伝説は手渡されてゆくのだな、と独り静かに感動したワールド・ベースボール・クラシック。「勝負事は勝たなければ」という王さんの呟きが胸にしみる。

さあ、日本のプロ野球も開幕し、春が来た。

「球春」。僕の大好きな言葉だ。

第三十六小節
母は僕に「おめでとう」と言い、「私の所に生まれてきてくれてありがとう」と言った

僕の誕生日は四月十日で、翌日の十一日が憧れの加山雄三さんのお誕生日だ。加山さんと誕生日がお隣同士というのが少年時代からの自慢で、誕生日の話になると必ず「加山さんの誕生日の前の日」と付け加えたものだった。

今から十五年程も前になるだろうか、丁度四月十一日の晩、レコーディング中の僕に加山さんが電話をくださり、ご自宅で一緒に誕生祝いをして貰ったことがあった。今にして思えば当時僕は映画「長江」の借金の一番大変な頃で、それに対する加山さんの「頑張れ」というエールだったのだな、と気付く。レコーディングの都合で夜中に伺ったにもかかわらず奥様もご一緒に大歓迎してくださった。「船長、さだまさしさんお誕生日おめでとうございます」と書かれた大きな誕生ケーキの蠟燭《ろうそく》を加山さんと二人で吹き消した時には感激で涙が出た。「これからは毎年一緒に誕生会をしよう

ぜ」。加山さんはそう言ってくださったが、余りに畏《おそ》れ多く、冥利が悪く、流石《さすが》に甘えることは出来なかった。それに万が一、加山さんと一緒に誕生祝いをする、ということに「慣れて思い上がってしまう」自分が怖かったのだ。僕は何しろ今でも加山さんの前では直立不動になる。広島の原爆の日の晩に長崎から歌う、という趣旨の僕のコンサート「夏・長崎から」を、加山さんご自身が気に入ってくださり、以来十年続けて毎年ボランティアで来てくださるようになった。それでも直立不動だ。それでよいのだ。

その加山さんから今年も僕の携帯電話の留守電に誕生日おめでとうメッセージが録音されていた。「お誕生日おめでとう。ところでまさしは一体幾つになるんだ？　俺はさ、明日でとうとう六十九歳だぜ」。親しみを込めた温かいメッセージを聴きながら僕はやはり直立不動になる。それでよいのだ。勿論この留守電は保存した。この感謝を込めて翌日には精一杯のおめでとうございますを留守電に吹き込んだ。こうして今年の僕の誕生日は過ぎたのだった。加山さんに感謝だ。

さて、同じ誕生日の有名人というと、永六輔さん、和田誠さん、和田アキ子さん、堂本剛さんなどがおられる。故・淀川長治先生も四月十日生まれだった。

　ある時、そう、二十年も前になる四月十日のこと。仲良しのおすぎがプロデュースしてくれ、淀川先生に永さん、和田誠さん、奥様の平野レミさん、それにおすぎと僕の六人で東京駅近くの寿司屋に集まって誕生会をやった。はじめは平野レミさんのお父様で僕が大好きな平野威馬雄先生のお化け話などで盛り上がっていたが、そのうち「おい、まさし、あの話を淀川先生に聞かせて差し上げろよ」と言う永さんや和田さんにそそのかされ「次はあの話だ」「次はあれ」などとコンサート・トークの数々をご披露し、気付けば独りで喋りまくっていた。淀川先生はそんな僕の話を実に一所懸命楽しそうに笑って聞いてくださったものだ。ところがこの日僕は、最終の新幹線で名古屋へ行かねばならず、後ろ髪を引かれる思いで中座したのだった。僕が居なくなった後、淀川先生が永さんにこう尋ねたという。「いやあ、楽しい青年だねえ。あの人、何する人？」。一同大爆笑だったという。後で永さんに言われた。「まさし、きみはまだまだ無名だ、ワカゾーだ、淀川さんは君が何者だか全然知らなかったぞ、どうだ、嬉しいだろう？」と。もっと頑張れよ、という永さんらしいエールだった。

　この時、淀川先生が誕生日について仰《おつしや》った言葉がある。「僕はね、生まれてきて嬉しかったの。だからね、僕のお誕生日はね、僕を産んでくれた母を一日中思って過ごすことにしているの」。胸に残る言葉だった。自分の誕生日は母に感謝をする日なのだ、と。

以来僕も自分の誕生日は母に感謝をする日と決めている。母は満開の桜の中を病院に行き、僕を産んだ後、矢車草に迎えられて家に帰ったという。何とも美しい季節に産んでくれたものだ。今年の誕生日も長崎にいる八十歳の母に電話をして「ありがとうございます」と言った。母は何遍も僕に「おめでとう」と言い、「私の所に生まれてきてくれてありがとう」と言った。胸が詰まった。

母のくれたこの生命を大切に生きよう、と思う。

祇園会

三年坂で別れてから　随分経ちますね
会いたくなくてとても会いたくて
ふとすれ違えば宵山
会えたら何て言おうかしらとずっと思ってたのに
息が止まりそうで目をそらした
まるで無言詣のように

息を切らして新橋あたり人波に
流され移ろって加茂河原

私は更に臆病になり　あなたは
ずっとすてきになった
そっと振り向けば風の音
いえ遠く祇園囃

揃いの浴衣であの日二人　初めて手が触れて
遠い河原に観た鷺舞は
鳥か人か幻か
流行の恋になじめもせずに　見つめる宵飾り
梅雨前線はもう北へ去って
明日から夏になる

心散らして木屋町あたり人波に
さとされなだめられ高瀬川
もしもあの時あなたにそう言いかけて
季節違いに気づく
そっと振り向けば夢の音
いえ多分　後の祭

祇園会　from「あの頃について～シーズン・オブ・グレープ～」

　グレープ時代の相棒の吉田政美と解散十五年目を記念してアルバムを作った。「再結成」というのが嫌で、新しいデュオを作ることにした。昔、グレープだったが、もうすっかり枯れてしまったぞ、という洒落で「レーズン」と名乗り、「あの頃について」というアルバムを一枚作ってまた解散したのだったが、これはその中の一曲である。

「三年坂」はグレープの最初で最後のライブアルバムのタイトル。解散した四ヵ月後に突然チャートで一位になった。これ以後「三年坂」はグレープのファンには大切なキイワードとなったのである。それでアルバムの一曲目に「三年坂で別れてから随分経ちますね」と歌いたかった。勿論それは吉田に対して、ではなく、グレープのファンへの仁義としてだ（結局、最初の一曲はこの歌ではなく、オーヴァーチュアとして書いた「あの頃について」という曲にしたのだったが）。レーズンのこのアルバムは吉田と一緒にマウイ島のラハイナの今は無き「ラハイナ・サウンドスタジオ」で作った。といっても僕は昼間ゴルフばかりしていて、夜になってスタジオに入ってから曲作りをする。吉田はゴルフをやらないので、僕が遊んでいる昼間にスタジオに入って、アレンジや自ら弾くギターのレコーディングという地味な仕事を黙々と続けた。当時吉田はまだまだバップ・レコードのばりばりのレコーディング・ディレクターであったが、有給休暇の全てをこのアルバムのために使い切った。

さて、近年吉田とコンサートで一緒にライブをやる機会が増えた。ま、その度に彼の有休は奪い取られているのではあるが、ふと今年吉田が僕に「まさし。俺、〝お懐かしゅうございます、あのグレープでございます〟ってスタンスでステージに上がることに、もう草臥《くたび》れたよ」と漏らした。一緒にやるのが嫌なのではなく、〝懐かしの〟なんてちっとも嬉しくない、と言うのだ。「どうせ呼んでくれるなら〝新しい〟グレープをやろうぜ」と付け加えた。長年人前で演奏をしていない筈だが、吉田はやはり音楽家だ。その時に改めてそう思った。そうして確かに彼のギターはまだまだ死んでいなかった。それどころか使い減りしていない分みずみずしさは変わらない。そんな僕らのライブを聴いて「成長する思い出」と言ってくれた友人が居る。グレープは青春の思い出だったが、未だに成長し続けているじゃないか、と。僕らにとって最大の讃辞だった。歌手として既に僕は三十年坂を越えたが、「決して思い出になってはならぬ。成長せよ」と吉田に教わった。

第三十七小節
日本と韓国の確執――十七世紀に始まる竹島問題あなたはどう思う?

「え?　竹島って何?　それがどうしてあんなに問題になるの?」という若い読者のために、一緒に勉強しよう。

韓国民が「獨島《ドクト》」と呼ぶ竹島は日本海に浮かぶ、木も生えていない岩だらけの孤島で、日本の島根県の一部だ。それが何故騒ぎになったかというと、実はとても根っこが深い。大昔はこんな、人も住めない岩だらけの岩礁など格別何とも思わなかった。今の様に「漁業権」という考え方もなかったからだ。それで、まあ、韓国民も日本国民も格別興味を持っていなかったのだ。十七世紀の初め頃に米子の海運業者が漂流の後、当時無人島だった鬱陵島(元々韓国の領土)に流れ着き、新島発見と信じ、徳川幕府に願い出て許しを得、鬱陵島を「竹島」と名付け、七十八年もの間アシカ猟やアワビ漁、木材の伐採などで活用をした。この島へ至る途中の現在の竹島を、当時は

「松島」と呼び、漁業中継基地とした記録が残っている。

その後、鬱陵島は当然韓国の支配に戻ったが、竹島は格別興味を持たれていなかった。さて、一九〇五年のこと、問題の竹島が島根県に編入され、日本固有の領土として国際法上も定着したのだが、問題はここから始まる。当時の政治姿勢から日本も欧米列強に比肩するべく領土を拡げることに力を注ぎ、ついに一九一〇年に韓国を征服し、日本の領土にしてしまった。うん。これは申し訳ないことだ。自分の国に外国の連中が力ずくで入ってきて、俺の領土だ、解ったなと言われても、追い払う力がなければ嫌々従わざるを得ない。これが「韓国併合」だ。実にけしからんが、「けしからん」と考えるのは今のように民主主義という考え方が普通になったから言えることで、当時はとにかく世界中が力ずくで自分の領土を拡げよう、国の力をつけようという覇権主義、帝国主義の時代だったから、日本も、力の強い奴が領土を拡げて何故悪い？という、尾張の織田信長が隣の美濃を征服するのとそう違わない感覚だったのかも知れない。

戦争で日本が負けると、それまで日本に支配されていた屈辱を晴らそう、と韓国は躍起になる。サッカーでも野球でも「対日本戦」となると彼らがムキになる理由の大きな一つがこれだ。さらに今でも韓国は「日本人は悪い奴らである」という「反日教育」を続けているので、なかなか冷静で公平に話し合おうという韓国国民が育ちにくい環境になった。仮に原因が我にあるといえども残念なことだ。

さて、一九五二年、当時韓国大統領の李承晩は「対馬・竹島」は韓国固有の領土である、と主張し、日本と韓国の間に新しい国境線を引いた。「李承晩ライン」という、国際法上通用しない、言わば勝手な線を引き、その時から竹島の占拠が始まった。この時日本政府が大きな抗議行動や抑止政策に出なかったのは、やはり、昔無理矢理韓国を支配した、という後ろめたさがあったのだろうか。しかしその後、一九六五年の日韓漁業協定の締結までの十三年間に、この「李ライン」付近で韓国に拿捕《だほ》された日本漁船は三百隻を超え、捕まって抑留された乗組員も三千九百人を超え、銃撃され死傷した漁民が四十名を超えた。「国際司法裁判できちんと争って決めればいいじゃないか」と日本はずーっと言っているのだけれども、「その必要はない。獨島は韓国の領土なのだ」と言い張って同意しない。領土問題は当事両国の同意がなければ裁判を開くことが出来ないのだ。そこへ、今年韓国が六月の海底名称に関する国際会議でこのあたりの海底地形を「韓国名」として提案する話が出た。これは竹島を韓国の領土として国際的に認めさせる手だてなので、こちらはこちらで対抗策として日本名を提案するために、この海域の海底調査を独自に行おうとしたのを「再侵略」である、と韓国が反発したのがこの騒ぎだ。結果、韓国は、海底名称を韓国名にする提案をしないかわりに日本も独自の海底調査をしない、という玉虫色の決着になった。

昔のことで日本が悪かったことは日本人が心から謝罪するべきだが、あの時の意趣返しとばかりに何でもかんでも日本が悪い、というのも、少し大人気ないかな、と思う。

お互いにもうそろそろ大人の対話をしたい、と思うのだが。あなたはどう思う？

第三十八小節
戦争はまだ終わっていない
平和とは何か。正義とは何か
人がささやかに生きる、とは……

「今まで帰国しなかったのは何故?」という質問に老人は、穏やかに「ひと言では言えません。これは運命なのです」とロシア語で答えた。

第二次大戦の後、帰国叶わずロシアで結婚した旧日本兵が、ウクライナに移住し、そのまま六十三年を過ごし、やっと一時帰国が叶い、岩手の故郷に帰り、弟妹と対面した。旧日本兵、上野石之助さんの言葉だ。きりり、と僕の胸が痛んだ。

旧日本兵でまず思い浮かぶのはグアム島で戦後二十七年間も隠れていた横井庄一さん。当時流行語になった「恥ずかしながら」は声音まで記憶している。二十九年間フィリピンのルバング島で現地の兵隊や警察隊と「戦い続けていた」小野田寛郎さんの眼光鋭い、悲しく美しい敬礼を忘れない。これまで一番長く潜伏した旧日本兵はインドネシアで救出された中村輝夫(本名、李光輝)さん。終戦後三十三年目だったが、台湾の高砂族《たかさご》の出身だからか（台湾が戦争当時日本の領土だったから彼は日本兵として召集されたのだ）、日本国内ではほとんど興味を持たれず、直ぐに台湾で亡くなった。無慈悲な話だ。決して忘れまい。僕らの国には、僕らの心にはこんな無慈悲なところがあるのだ、ということを、だ。

さて、外国で六十三年もの月日を過ごした上野さんの余りにも長い戦いを思う時、戦後の平和の中で、のほほんと惰眠をむさぼってきた僕の心は激しく痛む。僕の父は今年八十六歳。父は中国で終戦を迎えたが、帰国する手だてが見つからず、いっそそのまま中国で生活しようか、と考えたことがあるよ、と僕に言った。何百万人という日本兵が外国に送られた。仕方のないことだったろう。敗戦国の兵士となれば、報復もある。中には帰国どころかリンチにあい、大怪我をしたり、或いは殺害されたり、という悲惨な実話は山程ある。当時の日本兵の中には現地に残り、日本人という素性を隠しながら、後半生を現地人として過ごした人が沢山いる筈だ。

実は二十年以上も前になるが、僕は全財産をなげうち、中国でドキュメンタリー映画を撮った。「日本という国や人や文明のルーツ」を探りたかったからで、「長江」を選んだのは、その大河が岩盤の上を流れていて、数千年の間流れを変えず、様々な人間の痕跡が消えずに残っていたからだ。さて、その撮影で、四川省の重慶という大都市のはずれの小さな村に赴き、旧日本兵捕虜収容所跡地の撮影をした。今は養豚場になっている現地のその壁には旧日本兵捕虜の切々たる望郷の詩や、遺書めいた墨書がまだ無数に残っていた。

その撮影中のことだ。カメラの周りに群がる人の中から二十〜三十代くらいの若い女性が不意に僕にこう言った。「あなたがたは日本から来られたのですか?」。その日本語の発音の美しさに驚いた僕が「日本語お上手ですね」と振り返ると、彼女は一瞬顔色を変え「私の父は日本人です」ときっぱり言ったかと思うと、次の瞬間にぱっと風のように人混みの中に姿を消してしまい、その後、幾らその辺りで尋ねても杳《よう》としてその存在は摑めなかった。おそらくその女性の父親は旧日本兵に間違いなく、四川の田舎の村で密《ひそ》かに中国人として暮らしてきたのだ。ただ、何かの折、家族にだけは素性を伝えたのではないか。或いは母親から。父の祖国の人間が来たと聞いた彼女は様子を観に来て、何故か思わず僕に声をかけたのだろう。切ない切ない思い出だ。

戦争とは何か、といつも思う。

僕はその撮影から帰国した後、父のために「戦友会」という歌を書いた。二度と生まれてはいけない会のこと。戦友会とは冬の時代に降った雪のようなもの。いつかは融けて消えてしまうもの、と。そして二度と降ってはいけない雪だ、と。「お前達を守ったと言わせてやれ」と僕は書いた。「それを正義と言うつもりはないが時代と片付けたくもない」と。戦争はまだ終わっていない。僕らがのほほんと惰眠をむさぼる今日も現実にイラクで、或いは他の土地で戦いに赴く兵士達。

平和とは何か。戦争とは何か。正義とは何か。人がささやかに生きる、とは。それを無慈悲に、あっという間に踏みにじり壊してゆく力の構造について。人は人を傷つけずに生きられないものなのだろうか。

六十三年ぶりに帰った上野さんのカタコトの「こんにちは」が痛かった。

第三十九小節

日本人は金に心がいじめられている
心はお金では育たない
心は人の愛が育てるのだ

強い者が弱い者をいじめる、というのは実は当たり前のことだ。無論それを肯定するのではない。人間として正しいことだと思わないし、悲しいことだけれどそれが事実、という意味だ。「いじめる」という言葉が適正でなくても大昔から（無論今も）弱肉強食という言葉どおり、常に弱い者は強い者によって蹂躙《じゅうりん》されてきたのだ。しかし獣と違ってヒトには理性というものがあるから人間として余りに非道なことは《自分に恥ずかしくて》出来ない、という「心」がある筈だと思っていた。しかしどうやらヒトも獣も違わないようだ、いや、人間と比べたら獣に悪い、と最近思う。妙な知恵がある分、むしろ獣より始末が悪い。

最近の事件を見ているとまさに《ヒト》の「悪知恵」が発揮される事例が多い。

「強い者が弱い者をいじめるのは当たり前だ」と先に言ったが、日本の現実はもっと哀しい。今やこの国では《弱い者》が《自分より少しでも弱い者》を捜してはいじめるという最も卑劣な構図が出来上がってしまったようだ。親が子供を虐待するのは最も最悪の「弱者いじめ」。男が女に暴力をふるう（最近は逆もあるようだが）のも同じこと。何時の間に日本人はこう卑怯卑劣になったのかを考えてみると、間違いなく社会の構造や世間の常識、或いは人間関係の有様が深い影を落としているに決まっている。教育の問題だ、という意見には賛成だが、それは「学校教育」だけの問題ではない。人を育てるのは学校だけではなく「家庭」であり「世の中」だからだ。勿論、学校教育という観点で考えれば恐ろしいことが沢山ある。

それは最近の調査で、平然と「子供が好きではない」と答える教師が増えていること。こういう輩《やから》は「教師」という職業を「経済活動」としか捉えていないのだ。子供嫌いの大人に育てられる子供は哀れだ。自分が子供の頃こんな教師に救われた、という教育に対する感謝もなく、子供の頃こんなふうに考えていたからこう指導してあげよう、という理想もなく、大学で教職を取り、折角資格があるから子供は嫌いだが学校に就職したのだ、と開き直られては子供はたまったもんじゃない。学級崩壊だってする筈だ。だからといって俺の子は俺が守る、と親がしゃしゃり出てばかりでは困ることもあるんだが。教師は聖職と、僕はそれでも信じているよ。普通の会社でも、強い会社の人間は下請けの弱い会社の人間に威張り散らす。弱い会社の人間は更に弱い会社の人間に威張る。馬鹿者のオンパレードだ。耐震設計偽装事件などは「金の亡者」が思いついた悪魔のアイデアを卑劣な力関係によって下に押しつけた結果だ。

こう考えると、日本人は今、金によって心がいじめられているのかも知れないな。金は欲しいよ。いっぱい欲しい。でも人を泣かせてでも欲しいとは思わない。それが普通だ。

しかし現実には「人を泣かせてでも自分の儲けを優先する」のは「正しい経済行為」のようだ。象徴的なのは、先日、僕の好きな星野仙一さんが怒っていた村上ファンド。「いつか天罰が下る」という言葉には正義漢・星野仙一らしいな、と思わず笑ったが。株式公開している以上誰が買っても構わないし、現実にこの騒ぎで阪神電鉄株が値上がりしているのだから文句のつけようもないのだけれど、根っこは人が懸命に育てた会社を金で買い、甘い汁だけ吸って後は放り出すやり方に対する「人としてどうなのか」といった反発なのだろう。「天罰が下る」は穏やかでないけれども、これでは庶民の怨嗟《えんさ》の声は強まる筈。そうだ、儲けたお金で凄く良いことをすればいいのに。貧しい国に援助するとか医薬品不足で困っている国に援助するとか。愛はお金で買えないがお金を愛に替えることは可能だと思う。「お金を持つ者」が最強者というのでは「情」や「心」の育つ場所がないじゃないか。

心はお金で育たない。心は人の愛が育てるのだ。

人を泣かせ、苦しめてまで自分の利潤だけを追求するという「心」は、犯罪ではなくとも悪事だ。汗もかかず何も生み出さず、お金を転がすばかりの錬金術に憧れる人が沢山居るというのが日本人の精神的現状だ。経済活動とは何だろう。仕事とは何だろう。ああ、活き活きと楽しんで生きてゆきたいね。

第四十小節
今に繋がる無数の生命の物語
それらに感謝しながら
自分の命を大切に生きたい

僕の母の祖父、つまり僕の曾祖父は岡本安太郎という長崎の顔役であった。千々石《ちぢわ》村の出身。長崎へ出た後、度胸と腕力だけで一代で一家を成し、やがて天草屋という長崎一の廻船問屋の跡目を継ぎ、長崎の港湾荷役労働者、当時に言う沖仲仕を取り締まった。吉田司家から相撲勧進元の免許を預かり、地元のヤクザ同士が喧嘩になると、その仲裁を警察がわざわざ車で迎えに来てまで頼んだというくらいだから、まさに町の「顔役」だったろう。現在も市内大音寺境内《けいだい》に高さ三メートル程のこの曾祖父の個人顕彰碑が建っている。当時の人に余程慕われていたのかも知れない。

一説には安太郎は力の有り余る仲仕たちの腕力をもって長崎くんちに名高い樺島町のコッコデショを現在の形に完成させた人だという。確かに言われてみればコッコデショの担ぎ手達の着物の裾模様は天草屋の紋所だ。腕っぷしは強いが暴力を売らず、何処にも恥じない正業を持つ。

昔はこういう男を侠客《きょうかく》と呼んだ。勿論、昔のことだから賭場《とば》も仕切っただろうが、今のヤクザ者とはかなり異質だ。僕の祖父に当たる二代目の岡本天南（為吉）がこの仕事を嫌い、音楽を志し、明暗流尺八九州支部長として一時代を築いたが、いわばこの道楽によって家は傾き、岡本組の勢力は失われ、三代目になる伯父、岡本忠の代にはほとんど何も残っていなかった。尤も天南（為吉）も、一目惚れした美人の筑前琵琶《ちくぜんびわ》の名手を半ば強引に妻にしてしまうような情熱家であったらしい。この女性・ヨネが僕の祖母だが、早世した。母方の血筋ではっきりとたどれるのはこの岡本安太郎までだ。

さて、父の父・佐田繁治は島根県那賀《なか》郡三隅《みすみ》町の出で、大農家の次男坊。実家から海辺の折居という鉄道駅までバスで三十分程もかかる道のりを誰の土地も通らずに済んだ程の土地持ちだった。尤もこの折居駅を自分の家からの街道の出口に作ったのも後の繁治で、若い頃に政治を志し、一頃は大臣秘書官まで経験した。後、結婚して二男をもうけたが、思うところあって単身中国に渡り軍事探偵となり、地図作りのために単身ゴビ砂漠を横断した。イラン辺境まで歩いたが、その後、盟友・本庄繁の求めに応じてシベリアへ赴き馬賊操縦の密命を遂行する。やがて日本軍のシベリア出兵が失敗に終わり、日本に引き揚げて後、サハリンの森林開発全権を委任されるが数年を経ずして急逝。今もサハリンに眠る。これが僕の祖父である。

父の母・エンは天草生まれで十八歳で地元に嫁ぐが、姑とそりが合わずに離縁。シベリアで洗濯屋をやっていた兄を頼りラウジオストクへ出、鐘ヶ江某と再婚、集めた行商をしながら黒竜江の支流ゼーヤ川最上流付近のスカバロジナ金山へ入り、薬の砂金によって現在なら二十億円に匹敵する程の巨万の富を得る。ウラジオストクへ戻ってすぐに胃ガンで二度目の夫を失った後、自分で料亭を経営して名物女将になる。料亭、といっても当時のことだから遊廓という側面もあったろうが、ペキンスカヤ街の「松鶴楼」といえば町一番の大店という羽振りだったという。祖母はロシアの貴族語の方が日本語よりも達者な人だったし、拳銃の名手でもあった。この「松鶴楼」へ官憲に追われて逃げ込んできた男が佐田繁治で、それが縁で此処で父が生まれた。帰国後、サハリンで三人目の夫が死んだ後、祖母は女手一つで父を育てあげた。

父はその後兵役で広島の連隊に入り、中国大陸中部戦線に送られた。この時の戦友の一人が長崎出身の岡本忠で、先に述べた岡本組三代目に当たる、後の僕の伯父である。

戦時下、父はこの岡本に連れられ、武漢で海軍系商社のタイピストとして働いていた岡本の妹に面会している。これが後の僕の母になる喜代子である。

何だか小説のプロットのようだが、実はたかが僕一人の生命の奥にすらこれだけのドラマがある、という話だ。自分の生命は自分だけの物ではないということだ。

母の日・父の日というのは親に世辞を言う日ではなく、自分に与えられた生命を思う日なのではないかと思う。たどれば自分に繋がる生命に気付く。生きるということはそれら無数の生命に感謝しながら自分に与えられた生命を愛おしみつつ大切に生きること。物語を終わらせるな。

風が伝える愛の唄

奇跡～大きな愛のように～

どんなにせつなくても　必ず明日は来る
ながいながい坂道のぼるのは　あなた独りじゃない

僕は神様でないから　本当の愛は多分知らない
けれどあなたを想う心なら　神様に負けない
たった一度の人生に　あなたとめぐりあえたこと
偶然を装いながら奇跡は　いつも近くに居る

ああ大きな愛になりたい　あなたを守ってあげたい

あなたは気付かなくても　いつでも隣を歩いていたい

どんなにせつなくても　必ず明日は来る
ながいながい坂道のぼるのは　あなた独りじゃない

今日と未来の間に　流れる河を夢というなら
あなたと同じ夢を見ることが　出来たならそれでいい
僕は神様でないから　奇跡を創ることは出来ない
けれどあなたを想う奇跡なら　神様に負けない

ああ大きな愛になりたい　あなたを守ってあげたい
あなたは気付かなくても　いつでも隣を歩いていたい

ああ大きな夢になりたい　あなたを包んであげたい
あなたの笑顔を守る為に多分僕は生まれて来た

どんなにせつなくても　必ず明日は来る
ながいながい坂道のぼるのは　あなた独りじゃない
どんなにせつなくても　必ず明日は来る
ながいながい坂道のぼるのは　あなた独りじゃない

奇跡〜大きな愛のように〜 from「家族の肖像」

「奇跡」とは何だろうか、と考える。

科学的に言うなら「絶対に起こりえないこと」は絶対に起きない筈だ。しかしそれが起きてしまったことを「奇跡」という。ではこういう例はいかがだろう。ある人が、自分の会社が倒産しそうになって、歳末はクリアしたけれども来月の手形は到底落ちない。その人がたった一枚だけ買った年末ジャンボ宝くじが一等に当たり、会社が持ち直した。これは奇跡だろう。いや、宝くじの一等に当たる人は必ずいる訳だから、誰かが当たることは少しも不思議ではない。だが、追い詰められてすがるように買った、たった一枚が当選したから吃驚するのであって、つまりこの場合正確には「奇跡」ではなく「奇跡的」と言うべきだ、というのが科学的な意見だろう。

しかし、僕はこれも「奇跡」と呼びたいと思う。何故ならこのようなことはこの人の人生の上で、もう「二度と起きない偶然」だからだ。このように「人生で二度と起きない偶然」を「奇跡」の範疇に加えることで僕らの心はとても豊かになる。だってそう考えれば奇跡は何時でも僕の近くにやってくるからだ。

一つの卵子に群がる数億の精子の中でたった一つだけが選ばれる。そしてその、数億分の一の精子だけが持つ独持の性質や能力がその生命を支配することになる。その両親を選んでその家庭に生まれたことも既に奇跡であり、全く離れた街で、別々の年に、全然違う環境に生まれた別々の命がそれぞれの故郷から遠く離れた街で出会う。それがたまたま恋に落ち、同じ道を歩き始めることは奇跡を超えるとすら思う。たとえば、命は忽然と僕に顕れたのではない。僕の両親のそれぞれに両親がある。父の父にも父があり、母の母にも母がある。大袈裟に言うなら、人類が生まれて以来、こうして綿々と積み重ねられた命の連鎖の末のほんのささやかな奇跡として僕の命は生まれた。こう思うことで、辛い時、苦しい時の心の粘りが変わる、と思うのだ。

「あなたの笑顔を守る為に多分僕は生まれて来た」という歌詞を綴った時、僕の心の中に「よくもまあ、照れもせずにヌケヌケとこういうことを」と自嘲する自分が居たことは確かであるが、それでも歯を食いしばってこの言葉を声に出すことにした。「表現すること」が僕の仕事だからだ。そうしてその言葉を口にした時に、ある決心が生まれた。毎日が奇跡であり、その奇跡を感謝しながら生きてみればよい、と。

　以来、奇跡は常に僕の隣を歩いている。

第四十一小節

海の季節だ

貧しくても不幸ではなかった少年時代の誇らしい思い出

海の季節だ。

子供の頃は四十日の夏休みの間五十日泳いだものだ、と言うと大袈裟な、と笑われそうだが、実際、朝から東望の浜へ行って泳ぎ、昼から時津《とぎつ》の久留里《くるり》海水浴場で泳ぐということも珍しくなかった。一番お金がかからなかったからだ。丁度父の不遇な時代で、家計は苦しかったが、裕福と幸福が同じで無いように、貧乏と不幸は同義語ではない。

貧乏でも楽しい少年時代だった。あの頃はとにかく泳ぐことが大好きで、ただ闇雲に泳いで、それで満足した。長崎水族館の近くに当時珍しい「五十メートルプール」があり、ここへも弟妹と通った。有料だが安かった。中学時代このプールで千五百メートル泳いだことがあったが、この時は流石に参った。プールから上がったら足元はふらつき、眼底出血を起こし、暫くの間周り中がピンク色に染まった。この時に、ただ泳ぐ、ということにすっかり厭《あ》きたのかも知れず、それからは海水浴場そばの岩場まで行き、一日中磯で遊んだ。ちょっと潜ればトコブシなど幾らでも採れたし、ウニなど潮の退いた時には潜りの出来ない小さな妹でも幾らでも拾えた。弟と二人、トコブシを素手で引っぺがし、海水で洗いそのまま齧《かじ》った。危険なのはムラサキウニの棘《とげ》。足で踏んだら刺さった中程で折れ、小さな繊毛のせいで抜けない。十日から半月ほどで身体に溶けてしまうのでやがて痛くなくなるが、地面に足を着く度に痛む。またウニはその辺に置いておくと想像するよりずっと早く動いて逃げるので、僕らは発泡スチロールの板を拾い、捕ったウニの棘をその板に突き刺して捕獲した。集めたウニを帰る頃に全部割り、中身だけ瓶につめ、海水を入れて家に持ち帰る。今なら高級塩水ウニと言いたいところだが、瓶自体、飲み終えた牛乳瓶を海水で洗ったものだから決して衛生的でない。その割には腹も大丈夫だったのか食あたりしたことはなかった。今のように漁業権の問題をうるさく言われない大らかな昔の話だ。

　さて、ある夏。父が、完成すれば一メートルにもなる巨大な伊号潜水艦のプラモデルを友人から貰ってきた。そんな豪勢な玩具《おもちゃ》を見るのは初めてなので僕も弟もひどく興奮した。当然組み立ては自力でやるが、何しろ僕はキットから部品を切り離したり、接着剤を最小限に使って見栄え良くくっつけるような細かいことがド下手で、要領も悪いから却って邪魔。で、手伝いを免除され、ただ見ているだけだった。弟と父の手で、その潜水艦は数日で完成した。船の内部にはこの当時最新式のマブチモーターが組み込まれ、まさか発射は出来ないが当然魚雷も装塡《そうてん》された。完成した潜水艦の進水式をやろう、と言い出したのは弟で、父は、では遠浅の横島海水浴場へ行こう、と提案した。

そこは砂地でアサリが沢山採れる大村湾に面した遠浅の浜だった。父が伊号潜水艦を右肩に担いで海辺に現れると、そこいらの子供は「ふえ〜太かあ」と唾を飲んだ。僕と弟は誇らしく、大金持ちが羨ましがられるのはこういう感じかな、と想像した。やがて進水の時が来た。「良かか？　マー坊、チー坊、放すぞ」。僕と弟は父と十メートル程遠くに離れて向かい合い、「良かよ」と言った。周囲は目を輝かせた十数名の見物の子供。僕らは得意絶頂だった。父が水の上で伊号潜水艦を放すと、船は静かに水面を走り始めた。歓声が上がった。ところが五メートルも進むと、その船は静かに潜り始めたのだ。「さすが潜水艦」と思ったのも束《つか》の間《ま》。父の顔色が変わり、「あれ？」と首を傾《かし》げた。そういう予定ではない。船は水面を進み、僕か弟が受け取る筈だ。「何処行った⁉」。ああしかし、伊号潜水艦は進水式でそのまま静かに潜り、永遠に姿を現さなかったのだ。周りの子供達は一瞬言葉を失い、やがて気の毒そうに去った。「あーあ」。僕らは小さな声で呟いた。潜水艦だから潜るのは当たり前だが、浮かんで来ないとは思わなかった。父は「不遇」とはこういうものか、といった表情で力なく笑い、僕も弟も肩を落とし、言葉もなく見えない船を見送ったのだった。

その晩、母は、また作ればいい、と明るく言った。その明るさが家を支えていた。この海のエピソードは悲しく切なく貧しいが、しかしそれでも楽しく、強く、少しも不幸ではなかった少年時代の誇らしい思い出である。

第四十二小節

目先のお金、目先の権力……
国家百年の計、という言葉のために
「百年委員会」でも作ったらどうか？

ワールドカップが終わった。個人的には日本代表は良くやったと思う。少なくとも三大会連続で出場出来たのだから。そういうと望みが小さい、と笑われそうだが、実際のレベルから考えたら上出来だろう。ワールド・ベースボール・クラシックで優勝したイメージから、世界の壁を量るのは大間違いだ。少なくとも日本野球はアメリカ野球から数十年しか遅れずにスタートしている。だがサッカーは違う。数百年近くスタートが遅れているのだ。五大会連続出場している韓国ですら、ワールドカップで一勝するまでに気の遠くなるような時間をかけ、努力をしてきた。だから我が国としては、世界の一流が集まる大会の常連になることが次世代への一番の財産になる。まずは舞台に慣れることだ。しかし日本サッカーが急激に成長しているのは確かだ。実際、相手が日本をなめていたとはいえ、ブラジルから一点奪ったことは大変な金星だと思う。少しずつ、少しずつ成長してゆけばよい。僕の生きている内には無理かも知れぬが、いつか日本が優勝する日は必ず来る。百年後で良いじゃないか。きちんと未来を見据えて少しずつそこへ向かうという「長期展望」が、この国に一番欠けていることだからだ。

一方、先を見据えて努力している人々もある。先日、沖ノ鳥島を守るために珊瑚を育てて島の周りに植え、いつか珊瑚礁にして島を守ろうという計画を進めるドキュメンタリーを見た。百年かかるそうだ、というナレーションを聞いて僕は膝を打った。

「よし、やれば出来るじゃないか！」と。

目先の利益のことばかりで一喜一憂するのではなく、国の豊かな未来を夢見て、今は我慢してでも少しずつ積み重ねる根気こそ、日本に一番必要なもののような気がするのだ。そんな矢先に小泉総理のアメリカ訪問のニュースを見て膝が折れた。晩餐会の発言「アメリカが悪と戦う時、決して孤独ではない、必ず日本がついている」とはまあ、暴言のそしりを免れまい。アメリカが大切なことは百も承知だが、アメリカを対等の友人と思っているのはこちらだけで、向こうは子分属国としてしか見ていないのだ。日本を五十一番目の州にしたいのかしら？　アジアを捨ててアメリカに付く、ということが地政学上不利に違いないことは素人《しろうと》でも解るのに。仮にも国の舵取《かじと》りの人にはもっと上手に立ち回って欲しいなあ。目先の評価ではなく、未来の礎になって欲しいなあ。首相がアメリカ的な〝大統領〟になりたかった人だ、というのは良く分かるが、「どんなことがあってもアメリカを支持します」と公式の場で明言する権限は首相にはない筈。そういうことは本来国家として是々非々で処すべきことで、議会制民主主義の考え方から逸脱している。もうすぐ首相の座を去る人の軽い気持ちの失言でなければブッシュへのお世辞だろうが、「ラブ・ミー・テンダー」って場合じゃない。「なに言ってンダー」だ。ま、アメリカ人はそれがお世辞だと気付いているに違いないが、総理しっかりして下さい。国家百年の計、という言葉は既に死語ですか？

実際、国を作るには百年かかる。何故なら国育てとは、人育て。今の子供を上手に育て上げ、その子達がお祖父ちゃんやお祖母ちゃんになる頃、その孫に本当の意味のよい子が出来る、という理屈。

とにかく今の世の中の事件を見れば何もかも皆幼い。父に小言を言われた怒りから家族を焼き殺す少年、お金欲しさに金持ちの娘を白昼人前で誘拐するドジな強盗団、意見が合わずお金もくれないから、と家に火をつけて家族を死なせる娘、これらの犯罪者の心の未成熟さと今回話してきたこととは無関係ではない。最近、人々の関心事は何もかも目先のことばかりだからだ。目先のお金、目先の贅沢、目先の権力、目先の喜び、目先の怒り、目先の損得、目先の人気。学校までも目先の点数のことしか考えていない。まずは教育改革からだね。

今、国民の心は憐れな程軽薄で短絡的で薄情だ。戦後六十年かけて目先の生活のために壊されたからだ。ならば百年かけて治そうじゃないか。「百年委員会」でも作るか。百年後の日本が素晴らしい国になるために、何から始めるか？　なあにまずは自分からだな。よし、心を入れ替えて頑張ってみようか。

第四十三小節

誰も彼も「無礼」な時代――
強いだけでは駄目なのだ
礼と誇りと謙虚さを持ちたい

王監督の手術成功という報に安心しながら原稿を書いている。この本が出る頃はすっかり回復されているだろうが、一日も早く元気なお姿にお目にかかりたい。個人的に昔からその人柄に接しているが、王さんは野球人としてだけではなく、人柄も超一流の人。かつて不良中学生だった、と聞くと驚くが、野球という「道」を歩みながら、ご自身の努力によってご自分の心や品格を高めてこられたのだ。

さて、名古屋場所の露鵬の暴力沙汰にため息。願わくば彼が今後、相撲道によって自分を見つめ高めてくれることを心から祈るばかりだ。尤もあれは起こるべくして起こったもの。相撲道から「道」が消えた結果だろう。日本の武道に最も大切なものは「礼」だ。勝ち負けだけではない「礼」こそが、その力士の「品格」を表す。武道の真の目的は己の心の品格を高めることだからだ。近頃はテレビ中継を見ていても心の備わらない相撲取りが増えた、と思う。見れば分かる。勝ちさえすれば何でも良い、という露骨さに辟易するのだ。

たとえば上位が下位を相手にはたく、変わる姿。そのお返しとばかりに下位が上位の顔を張る。これは「人の道」として「非礼」だ。子が駄目なのは親のせい。弟子の不出来は親方の責任。師匠とは弟子に勝つことだけを教える人であってはならない。大関、横綱の顔を張ることが如何に「非礼な事」かという武道家の心を教えぬ師匠も悪い。相撲を国技と言い切るならこの国の心や作法を守るべきだと教えるべきなのだ。正々堂々と勝て、と。当然弟子が日本人でも、だ。

つくづく惜しいなあ、と思うのは大横綱・朝青龍。本当に素晴らしい力士で、小気味良い相撲内容は大好きだが、残念ながら僕には彼のガッツポーズや、勝った後、強さを誇示するようにカメラを睨み付ける姿に日の下開山《ひしたかいさん》らしい謙虚な美しさを感じられないからだ。かつて双葉山の連勝が六十九で止まった時、彼は恩人に「我未だ木鶏たり得ず」と電報を打った。最強の闘鶏は木彫りの像のように微動だにせず、相手を睨み殺したという。「私は未熟で、それ程強くありませんでした」と。当時一場所は十三日制で一年は二場所だった。双葉山は関脇の時から連勝を続けながら横綱になり、都合六十九連勝する間、足かけ三年近くの間一度も負けなかった。その人ですら「私は強くない」と、謙虚さを忘れない。これが「道」だ。強ければ強い程穏やかで優しく、また美しくあらねばならないのだ。かつては仕切り中に力士同士が睨み合うことすら「非礼」だと叱られたもの。勝者は敗者に、また敗者は勝者に「礼をもって」接するのが大丈夫たる力士の心得だろう。行司が懐に刀を呑んでいるのは、勝負を差し違えたらその場で腹を切るという覚悟を表す。その「覚悟」や「美学」を力士達が心底理解しなければ「相撲道」は死ぬ。ファンはただ強いだけの相撲取りを求めているのではない。心までも強く美しい真の男が見たいのだ。

しかし思えば、今や日本中が誰も彼も「無礼」な時代。目上の者に対する心遣い、言葉遣いから、目下の者への細やかな慮《おもんぱか》り、気配り、といった我が国の「心の文化」はアメリカ直輸入の「自由平等」の誤った解釈のお蔭で既に「半死半生」だ。志の低い人は低い山の頂で十分に満足し、それを誇示するだろう。しかし志の高い人は低い山に満足しない。低い山の上で幾ら格好つけても、自分の心はそこが最終目的地ではないことに気付いているからだ。そして次への挑戦を繰り返すことでどれ程の高さに至っても驕《おご》らず、満足せず、更に上を見つめようという境地に至るのだ。

八百六十八本という通算本塁打世界記録保持者の王さんはその数字に驕らなかった。驚くべきは、引退した年にも三十本の本塁打を放っているのだ。しかし「私の打球ではない」と静かにバットを置くプライドと潔さと勇気に満ちていた。これを品格というのだ。

露鵬の事件は図らずも今の日本の「結果オーライ」や「誰でもタメロ」という貧しい価値観と品格を見事に映しただけ。彼だけを責めるのは酷だ。現代日本文化をこそ悲しむべきなのだ。だから強いだけでは駄目なのだ。自分のために礼と誇りと謙虚さを学んでくれ、と伝えよう。王貞治に学べ、と。

第四十四小節
「あなたを思いきります」
——凄絶な別離の儀式、精霊流し
日本の夏は、深く、美しく……

花火の季節だ。七月の末には隅田川の花火大会があるが、その頃長崎でも「みなとまつり」の花火大会があって、今年は二日で六千発を打ち上げた。

新潟県長岡市の花火はあまりにも有名だが、信州諏訪の八月十五日の花火大会も毎年四十万人程を動員する有名な花火大会だ。また「諏訪のよいてこ祭」では日本中の名だたる煙火店が集まって「来年用を披露する」新作花火大会が行われ、それぞれ賞など与えられる「一年先の」見本市のようなものもある。

先日、加山雄三さんがホストになり、毎年越後湯沢のスキー場・加山キャプテンコーストで行っている「湯沢フィールド音楽祭」に呼んで貰って行ってきた。加山さんの息子さんが何故か「花火師」の資格を持っていて、このコンサートのフィナーレに山の上から花火を上げてくれることになっていて、これが実に素晴らしい。僕は今回三度目の出演だったけれど、お客さんと出演者とが、ぽかんと口を開けたまま一緒になって美しい花火に見入っている姿は本当に感動的だ。どうやら花火には日本人の心を活性化させる秘密のパワーがあるようで、夏祭に花火は欠かせない。まず遠くで「トン」という発火の音。しゅるしゅるしゅる、という花火の上昇音、そうして勿体つけるように一呼吸空いたかと思うと闇の中にぱあっと華が咲き、一瞬遅れて「どおおおん」というお腹に響く破裂音。スターマインの花束のような色とりどりの美しさ、時折茶目っ気たっぷりのハートやミッキーマウス。花火師の最大の楽しみは打ち上げる順番や構成案をまとめる時ではないか、と思う。まず、背筋の伸びた大きなのを一つ打ち上げて観客に「さあ、行くぜ」と宣言し、その後はそうだな、今回はまず十五発程のスターマインでご機嫌を伺い、それからハートとミッキー。そのあと、大輪の周辺に小さな菊を混ぜてとか、ああ、なんて楽しそうなんだろう、と僕も想像するだけでわくわくする。

　僕は花火師の資格は持たないが、実は花火にはうるさい。いや、資格が必要な打ち上げ花火のような大きくて立派な花火の話じゃなくて、爆竹だとか、そういう賑やかし系のやつ。僕は長崎の生まれ育ちなので子供の頃から花火慣れしているのだ。「花火慣れ」なんて妙なことを言う、と思うかも知れないが、実は長崎は花火の町なのだ。噂だけれど、市内の有名な花火店は一年に真夏の二ヵ月間しか店を開けないのに年商が五億円、だとか、長崎っ子は花火好きで毎夏十五億円を燃やしてしまう、といった話が好きだ。中でも八月十五日の精霊流しの晩だけで五億円を燃やしてしまう、っていうのは大袈裟な話ではないようだ。

元々精霊流しは中国から渡ってきた御霊送りの祭。お盆を「祭」とはひどいだろうと思われるかも知れないが、「ぶらぶら節」にも「長崎名物、凧揚げ、盆祭」と歌われている。お盆も祭なのだ。チャン・イーモウ監督の「初恋のきた道」は僕の大好きな映画だが、この映画のラストシーンはまさに「精霊流し」の原点を観る思いだった。長崎の精霊流しは初盆の家だけ大きな精霊船を出す。身内でこれを担ぎ、家から出発したら、御霊に「故郷へのお別れ」をさせるように町中を歩いて最後は港に流すのだ。親類や友人達で担ぐのだが、道中ずっと花火を打ち続ける。主な花火は爆竹で、僕など、中国製の爆竹二箱四百発の導火線をねじって一つにし、指先に持ったままで火をつけパリパリパリッと鳴らす。勿論指先は焦げる。それに長崎では子供の頃から「ロケット花火」(長崎では矢火矢という)など、指先に持ったまま火をつけて手持ちで発射する。当然、大型の打ち上げ花火も手持ちだ。どれも禁止事項だが子供の頃から普通にそうしてきた。火傷は当然だが唾をつければ治る、と笑う。悲しみを破裂音で紛らせ、精一杯の贅沢な花火で送ろうという訳だ。港に着いて、この精霊船を放るとき、手を離した瞬間に「あなたを思いきります」と約束する凄絶《せいぜつ》な別離の儀式、それが精霊流しなのだ。

今年は思いがけず突然亡くなった僕の親友の奥さんの船を仲間達で一緒に送る。楽しいだけではなく、切ない切ない祭だってあるのだ。

日本の夏は、深く、美しく、凄まじい。

第四十五小節
「夏・長崎から」が終わった歌わない二〇〇七年の八月六日――そこに、僕の答えは潜んでいるだろう

毎年八月六日、広島原爆忌の夜、二十年間続けたコンサート「夏・長崎から」の最終回を無事終えた。

終演後、みんなは僕が「最終回」に何を感じたのか聞きたがった。この晩、観客の多くや出演者まで涙したのに、僕自身が歌いながら感極まったり泣いたりしなかったことが意外だったようだ。勿論、僕の胸に去来する物は数え切れないほど在った。長崎原爆忌は八月九日。だがこの日は様々な人達が長崎に集まる。この日に狭い長崎の町でコンサートをやるのは地元の人々にも迷惑だろう。それで八月六日、広島原爆忌の晩に想いを込めて歌うことにした。

借金苦の中で始めた無料コンサート。初めは疑念を持たれた。裏に何の意図があるか、と。政治家になる事前運動ではないか、或いは偽善的な売名行為と。気にならな

かった訳ではないが、負けてはならぬ、と自分に言い聞かせた。味方は少なかった。何しろ金がなかった。ステージの建設費だけで一千万円近くかかる。ゲスト、スタッフらの交通費宿泊費を考えればざっと三千万円の赤字になる。途方に暮れたのは会社を仕切っている弟だったろう。

だが、たった一人味方が居た。新地中華街「江山楼」の王國雄社長だ。古いつきあいで僕は彼のことを「あんちゃん」と呼ぶが、「あんちゃん」がこの時に言ってくれた。「借金苦のまさしがタダで歌を聞かせてくれるとに、市民が何もしないのは恥ずかしかけん」。だからせめてゲストやスタッフの食事の面倒は俺がみる、と。以来二十年間、七十人から九十人分の前夜祭のフルコース料理を毎年無料で提供し続けてくれたのだ。「広島原爆忌の晩に長崎で歌う」という僕の思いを理解してくれたのはNHKのプロデューサーと地元長崎放送。この「中継放送」を通しての「エール」をはじめ、長崎新聞社の援護射撃。次第に味方は増え、僕の背中を守ってくれた。

年々観客も味方もスポンサーも増え、状況は良くなり赤字の心配もほぼ要らなくなり、僕にとってこのステージに立つことが「当たり前」に近くなった。たぶん観客にも。すると最初に歌った頃の「切実な叫び」が遠ざかった気がした。あの時、あの状況で、何故僕は歌い始めたのか？　何を伝えたかったのか？　その温度は変わっていないのか？　エネルギーは涸《か》れていないのか？　それを確認するために一度現場を離れることにした。だから今年でやめた。このコンサートの正体を思い知るのはおそらく来年のこの日だろう。それでいい。歌わない来年の八月六日に僕の答えは潜んでいるだろう。観客にも。そしてその時にこのコンサートがどの様なもので、どういう性質のものだったのかが理解出来るだろう。次のことはその時に考えればいい。

加山雄三さんはじめ、来生たかお、村下孝蔵、三波春夫、永六輔、笑福亭鶴瓶、谷村新司、南こうせつ、小田和正、堀内孝雄、泉谷しげる、森山良子、イルカ、白鳥英美子、都はるみ、前川清、松山千春、坂本冬美、山崎まさよし、はなわ、平原綾香、BEGIN、りんけんバンド、など錚々《そうそう》たるゲストの方々総勢百七十一組がこのステージを飾ってくれて観客動員もおよそ五十万人に達し、二十年かけてついに伝説のウッドストックを超えた。二十年を支えてくれたのは多くの観客だった。スタッフだった。だから心の中で彼らに「ありがとう、さようなら」と祈るように感謝しながら最後のステージを過ごした。あの苦しかった第一回の時から、おそらく毎年、今年が最後だ、という緊迫感の中で歌ってきた。毎年、一曲目に飛び出してゆく時、ああ、今日死んでも良い、という「覚悟」があった。つまり僕には毎回が最終回だったということだ。それ程一所懸命に歌ってきたからこそ「最後だから」という感傷が無かったのだろう。涙以上の何かを僕は毎年流し続けてきた。だから泣く必要など無かった。

深夜に及ぶ興奮の打ち上げの後、少し眠って、日常が還ってきた。あちこちに挨拶をして、夜、新地の「江山楼」へ行った。現れたあんちゃんはいつもの笑顔で力強く僕の手を握り、「長い間、ありがとう」と言った。この時初めて涙が出た。いつまでも止まらなかった。「あんちゃん本当にありがとう」と言おうとしたが言葉にならなかった。

僕の「夏・長崎から」が終わった。

向い風

たそがれ時の窓辺の席で
あなたはじっと海を見てる
私はじっとあなたを見てる
水平線の名残りの紅で
煙草に火を点けたときあなたに
好きなひとが居る事わかった

風は今　向い風
私の心を押し戻す

ちぎれ雲がひとり踊ってる
でも悲しい恋と笑わないで
倖せの形くらい私に決めさせて

海岸線に滞るテールランプ
あなたの右手の煙草の火がふと
赤信号に見えた気がした
もしもあなたが赤い夕陽で
私が雲なら染まるだけでいい
そんな恋もある事わかった

風は今　向い風

私の心を押し戻す
かもめが風に逆らって
孤独な空に帰って行った
倖せの形くらい私に決めさせて
倖せの形くらい私に決めさせて

向い風

from「風のおもかげ」

この歌を書いた頃、僕は強烈な逆風に晒されていた。「関白宣言」や「親父の一番長い日」、また「道化師のソネット」、そして「防人の詩」のビッグヒットによって、僕はすっかりマスコミにもてはやされて、天狗にでもなっていたのだろうか。今度は一転してバッシングされた。会ったこともない見知らぬ芸人から「さだまさしは暗い」とTVでネタにされたことがきっかけだった。

何時でも人々は「無名の誰かが人気の坂道を駆け上がる時」にはこぞって賞賛するけれども、「坂を上り切った」と見切った時には「坂を上った者への妬み」も手伝って今度は一斉攻撃に移る。自分で持ち上げておいて今度は一気にたたき落とすような、人の悪いところがある。「さだまさしは暗い」というその芸人の発言がそういう人々を大いに喜ばせ、お蔭で何と、僕のファンが弾圧されることになった。「あんな歌を聴くなんて暗い奴だ、軟弱だ、情けない」という、全くいわれの無い攻撃を受け、ついには「隠れさだ」なる言葉まで生まれた。「さだなんか、嫌いだ」と人前で言いながら、こっそり一人になるとさだの歌を聴いている人のことだった。「隠れキリシタン」になぞらえられるとは恐れ多いが、それ程このバッシングは強烈だった。

一番驚いたのは僕だった。「暗い」「軟弱」という評価は人間に対して表現する言い方だ。確かに僕は暗いところや軟弱なところがある。しかし、人と比べて突出して暗かったり群を抜いて軟弱である、とは思わなかったので笑い飛ばしていたが、それが僕の「音楽」を貶《おとし》め、蔑《さげす》んでいるのだ、と気付いた時に酷くがっかりしたっけ。自分の音楽が世の中に認めて貰えた、と信じていたからだ。だが、この時に僕の心の中に「負けるものか」という強烈な意地が生まれた。また、こんなことで消え去る程度の音楽なら確かに偽物だからいっそ消えてしまえ、という開き直りも、だ。以後そうして自分の音楽は間違っているのだろうか？という自問自答とともに長い時間を生き抜いて、振り返り見れば、もしもこの時、この強烈な逆風が吹かなかったら、今まで歌うこともなかったかも知れぬ、と思う。

「ヨットはね、逆風の力で前へ進むんだぜ」

当時の友人の言葉を忘れない。僕が最も虐められているあの頃、音楽ディレクターになっていたグレープ時代の相棒、吉田政美が僕にＣＭの仕事を持ってきてくれた。この歌はそのＣＭのために書いた。あれは「負けるな」という、吉田らしい温かいエールであった、と今にして気付く。

第四十六小節

王子ではなく、未来の玉子を高校野球で潰してはならない
――〝日程〟の改善を希望する

「ハンカチ王子」ブームには参った。いや、決して早稲田実業の斎藤佑樹投手を揶揄するのではない。彼は本当に素晴らしい投手だ。勿論、昨年の優勝投手、今年の準優勝投手、という驚異的な実績を積み重ねた駒大苫小牧の田中将大投手は更に凄い器だと思う。この二人の青春を凝縮したような投げ合いは「目的を持った青春」の象徴だった。明確な目的を持つことが出来ずにただ何かを求めながら探し当てられずにいらいらと暴発してゆく青春達の多い中で、ひたすら一途に少年時代からの夢の道を走り続け、最高の舞台にまでたどり着いたこの二人の頑張りに僕は心からの拍手を送った。流石に徳島・板東、富山・村椿の伝説の試合は僕も間に合わなかったが、三十七年前、まだ高校生だった僕は青森・三沢高校と、愛媛・松山商業の決勝戦を、延長十八回の死闘を、あの太田、井上両投手の感動的な伝説の投げ合いをテレビの前に釘付《くぎづ》けにな

って最初から最後まで観た。

高校野球の魅力は、冷酷な「トーナメント制」にある。

たとえば斎藤投手は地方大会、いわゆる予選の西東京大会で六試合を投げ抜いている。甲子園に来て六試合目が決勝戦で、再試合は七試合目になる。つまり早稲田実業は地方大会を含め、十三試合を戦い、一引き分けを含んで十二連勝したことになる。十二連勝、という数字の重みをよおく考えて欲しい。百何十試合やる中の十二ではないのだ。つまり「トーナメント制」で優勝するということは必ず「全勝優勝」ということなのだ。逆に言うならば、負けたチームの全ては「たった一度」負けただけだ。どれ程強いチームも、弱いチームも負け数は全部〝一〟なのだ。その「一度負けたら終わり」という背水の陣とも言うべき状況下であれほど活き活きと、また溌溂《はつらつ》とプレーする選手達に僕は毎年感動する。「ハンカチ王子」と騒ぐのは良しとしよう。確かに大人達が何の演技も計算もない斎藤投手の姿に感情移入するのは解る。だが、ハンカチで汗を拭く姿がカワイイ、といった微笑ましい愛着ならまだ許せるが、斎藤投手の努力も、チームメイトの頑張りも、十二連勝も、決勝引き分け再試合という偉大な力業も、彼らを支える人々の汗の価値も考えず「ハンカチ王子」に集約してしまう軽薄さに参る。どこのメーカーのハンカチだの、ネットで幾らだの、という話を聞くだけで虫酸《むしず》が走るよ。第一あれはフェイスタオルだろう――「タオル王子」じゃねえか（笑）というのはまあくだらないジョークだけど。あれが「お母さんがくれた」というのが良かったんだな。「彼女に貰った」だったら風向きは変わったろう。まあ、騒ぎのエネルギー源などその程度のものだ。

もう一度断っておくが、決して斎藤投手をからかっているのではない。決勝の翌日、さっそく「佑ちゃん」などとぬけぬけと呼ぶ連中の軽薄さを嗤っているのだ。斎藤投手はいずれプロでも名をなす逸材の一人だ、ということは確かだし、野球ファンなら敗れた駒大苫小牧・田中投手の将来性に、斎藤投手以上の期待を寄せる人も多い筈だ。その二人の逸材が甲子園決勝のマウンドであれだけの名勝負を見せてくれたことにもっともっと感謝したい、と思うのだ。勿論野球は一人では出来ない。どれ程の逸材であろうとも、「チーム」が弱ければ甲子園に来ることさえ叶わないのだ。早稲田実業と駒大苫小牧という二つの見事なチーム力のなせる技、なせるドラマだったのだ。

とかく様々に問題が指摘される高校野球だが、今年思ったことがもう一つ。甲子園大会の日程を改めるべきだ。

たとえば優勝はしたけれど斎藤投手は四連投、田中投手も三連投。前日百七十八球投げた高校生に翌日また投げさせる、という日程はおかしい。折角の逸材が夏に酷使されて投手生命を断たれるというこれまでの、いくつもの例を忘れてはいけない。「教育」というなら尚更のことだ。WBCですら投球数の制限がある。リトルリーグのように連投禁止か、叶うならば「連投しないですむ日程」への改善を強く希望する。だって斎藤、田中の投げ合いを未来もずっと見たいじゃないか。王子と言うがまだ未来のエースの玉子だ。高校野球で潰してはならないのだ。

第四十七小節
美しき日本の面影——傷を蒸し返すことなく、〝この国の美しさ〟を伝えたい

ハワイがアメリカ合衆国の五十番目の州だということはみんな知っているだろう。アメリカ建国の時には十三州だったが、次第にその数が増え、星条旗には現在五十個の星が描かれていることや、その数がもっと増える可能性があることもみんな知っている。さて次に合衆国に仲間入りするのは、つまり五十一番目の州になるのはプエルトリコではないか、という見方をする人がいる。或いはカストロ亡き後のキューバかも、などと穿った見方をする人も。中には「ジャパン」という人もある。無論、日本がアメリカの州の一つになるなんてあり得ないことで、当然ジョークの一種だ。だが、「日本はほとんどアメリカの属国の一つだ」という政治的経済的現実へのいやみが込められている訳だ。確かに日本人は戦後のアメリカによる経営統治によって、かつてとは異なる価値観を植え付けられた。それにより元々我々が守り育ててきた国民性が

大きく変化したことは確かだ。

日本人が大きな勘違いをしてしまった言葉に「自由」がある。「自由」という言葉は「自分がされて嫌なことは決して人に対して行わない」という「礼儀や慎み」が伴わなければ、「自分さえ良ければよい」という浅薄な「利己主義」になる。つまり若い連中が「自由だろ！」と吐き捨てる時、そこにはほとんど「礼儀や慎み」は存在しない。そう「自由」とは決して「何をしても勝手」という意味ではない。ならば「法律」など要らない。強い者の天下なら、人間はジャングルに帰ることになる。

9・11のアルカイダによるニューヨーク攻撃以来、全体主義的なヒステリックさを尚更強めるアメリカ。断っておくがアメリカという国は「ペリー来航」以来、日本に対しての心のスタンスは何一つ変わっていないのだ。時折、渋々日本の力を容認しようとすることはあっても決して尊敬することはない。このような関係を「友人」と呼ぶのだろうか？　そういういきさつはともあれ、我々の国「日本の心」がこれからどうなってゆくのか、ということ、一体どうしたらこの国はかつてのように礼儀正しく慎みのある気品の高い国に戻ることが出来るのだろうかということ、それら「日本の未来」への不安と希望は常に僕の中にある。

実は今月の半ば過ぎ、僕はニューアルバムをリリースした。作り始める前、このアルバムは「51」というタイトルを予定していた。そう、既に日本はアメリカの五十一番目の州だよ、という自虐的なタイトルだ。だが途中で気が変わった。自分の傷を幾ら蒸し返しても何の得にもならぬばかりか、自分の心がねじ曲がってしまう。欠点ばかりを嘆いても直らないばかりか酷くなるだろう。ならば長所を見つけてそれを伸ばせばいい、と。それで僕は日本の素晴らしいところを探すことにした。

だから、タイトルも「美しき日本の面影」と決めた。

この中に古今集や新古今集からの、或いは万葉集や勅撰和歌集の歌にメロディをつけた曲がある。古語は何を言っているのか分からないから英語の方が簡単だ、と言う人があるがそれは間違いだ。英語は外国の言葉だから「意味」が解っても「心」を理解することはとても困難だ。しかし古語は日本語だ。意味が解れば「心」も分かる。その言葉の体温まで。僕のようなオヂサンには最近の歌こそ何語なんだか意味分かんない（笑）から、「どうせ意味分かんなくて良いなら綺麗な日本語の方がいいじゃんっ」（爆笑）と開き直った訳だ。

日本人の心は壊れつつあるが、日本の風土や季節の美しさが、必死で日本を護っていることに気付いた。桜の季節には人々はそれぞれの心を抱いて花見に行く。「花が咲いた」ということがニュースになる、本当は心優しい国なのだ。夏になった、と海の美しさに心を解放し、秋には山々を彩る木々の美しさに心を癒《い》やし、冬は身体を寄せ合って寒さに耐え、また、雪の白さに心を洗う。そうしてどれ程寒い冬でも次には必ず春が来る、と希望を捨てない。実は我々はこれ程美しい国に住んでいる。この国の風土に恥ずかしくない心を取り戻そうじゃないか、という提案だ。機会が在ればこのアルバムを何も考えずにぼうっと聴いてくれると良い。

弱い私の心への穏やかな応援歌が聞こえると思う。

第四十八小節
急激に増えた、中高年自殺者の数
親の子殺し、子の親殺し──
小泉政権の五年間について

小泉総理の五年五ヵ月を後世はどう評価するのだろうか。

「改革」という曖昧《あいまい》な言葉を駆使し、それがあたかも「聖なる呪文」であるかのように聞こえさせる超一流のコピーライターだった。「聖域なき構造改革」などは巧いね。「改革」に「聖域」があったらハナから「改革」とは言わないんだけど。だが、こういう当たり前のことを、さも重要な凄いことのように表現してみせる言葉のアイデアには抜群に長《た》けていたと思う。また、両手を大袈裟に振り上げ、持論が如何に正当であるかを情熱的に訴える姿は美しく、大した役者でもあった。単なる「反対意見を持つ人々」を「抵抗勢力」という言葉で表現するあたりの狡猾《こうかつ》さは抜群の喧嘩上手だ。これで詳しい事情も分からず、また識《し》ろうともしない国民には、彼だけが「正義の人」に見える訳だもの。常に「私は正しい。つまり正義だ。それに反対するのは悪だ」という善悪二元論を用いて巧妙に対立者を悪の側に追いやる手法は鮮やかだった。自己矛盾を突かれても馬耳東風。ヌケヌケと誤魔化す辺りは結構いい加減な人でもあった（笑）。あの、「公約を守らなかったからといって大したことじゃない」という台詞と「（郵政法案を通すためなら）死んでも（殺されても）構わない」という台詞との温度差にはきょとんとしたよ。「死んでもやり遂げなければ日本の未来はない」という程、郵政民営化が急務だったのか、実は今でも僕には解らないんだが（余程教育改革の方が急務。子供の心がこんなに壊されているのに）。郵政法案を参議院で否決されたからと、衆議院を解散する無茶苦茶なやり方がよく国民に受け入れられたものだ、と呆れた。明らかに八つ当たり解散だし、第一、国政選挙とは「一法案」の是非への賛否を問うような性質のものではなく、国の未来を託す人を選ぶ選挙なのに、〝郵政民営化に賛成か反対か〟といつの間にか争点をすり替えてしまった手法は天才的だった。反対した人には「刺客」とやらを立てて徹底的にやっつける執念深さには「そこまでやるの？」と吃驚したけど。あげく自民党が大勝し、八十三人の新人議員が生まれるなんて、こりゃ、日本人の頭はどうかしちゃった、と思った。

小泉さんは確かに自民党も議会制民主主義もぶっ壊した。ついでに日本もぶっ壊したけど。ファーストレディ不在、というのも世の中の女性ファンには好感を持って迎えられた理由の一つだろう。奥さんの出来不出来で結構主婦から嫌われたりするものね。ワイドショー内閣、劇場型政治と呼ばれるように、かつての政治家のようにメモを読み上げる式のつまらない発言ではなく「自分の言葉を使う（かのような）」演技が上手だったから、確かに総理就任直後の国会中継は「芝居」としては面白かった。「ああ、ついに日本の政治家にもここまで自分の言葉で、国民に解りやすく話してくれる人が現れた」と感激したものだ。残念ながら解りやすかったのは言葉であって手法や考え方ではなかったけれど。X－JAPANの大ファンっていうのは怪しいけどね。ま、その辺は笑えるけれども、自衛隊を海外に派遣したのは重大事件だった。ブッシュと仲良しかも知れないけれども、しっかりと議論を重ねて国民の同意を得るべきだった、と今でもこのことは無念に思う。

「規制緩和」だって結構無責任。既得権益を許さず自由競争で、と言えば聞こえはよいが、そうなれば資本力の喧嘩になるから要は強いものはもっと勝ち、弱いものは更に奪われる訳だ。景気が良くなったのではなくて、弱者切り捨てによるリストラで会社の利益が上がっただけのことだし。「痛みを伴う改革」と言ったけれど、痛んだのは常に弱者ばかり。地方切り捨てだしね。

　急激に増えた中高年自殺者の数。親の子殺し、子の親殺し。勝ち組負け組という冷酷な表現に現れている利己主義と拝金主義。増える税金。みんなこの五年に顕著に現れたものだ。

　次の総理は大変だな。まあ、言う方は常に勝手不満で申し訳ないが、総理ともなれば言われることも仕事。勿論、我々には解らぬ筆舌に尽くせぬ苦悩や心労もおありだった筈。今はその重責を果たされたことに敬意を表して小泉さんにまずは本当にご苦労様でした、と心から申し上げる。

第四十九小節
おそらく、〝善い人〟故に安倍新総理に欠けているもの――それが、「見得」と「はったり」

安倍総理が頼りないとみんなが言う。それは仕方がない。既に「曖昧総理」などという陰口もきかれる。しょうがないのだ。だって国民には今更に小泉前総理のしたたかさが脳に焼き付いているからだ。

「改革なくして成長なし」などと格好良い「キャッチフレーズ」ばかり遣ったけれども、よく考えてみれば小泉さんのやったことは「郵政民営化」だけなのだ。イラク派兵だって成り行きで決めたことだし、靖国参拝だって、何もああまで大見得切って行くことはない。心の問題、というなら、毎日密かに詣でればよいことだ。第一僕には、郵政民営化がそんなに日本国の未来にとって最優先課題だったとは思えないし。ただ、それでも小泉さんの凄さは「これをやるんだ」という意思表示の凄さだった。参議院で郵政法案を否決されたから、といって、驚くべきことになんと衆議院を解散したあの「八つ当たり解散」なんか、周辺諸国から追い詰められて核実験をやった、と言う某国の無茶苦茶な発想に似ているけどね（本当に核実験に成功したのか？　僕の仲間には「ドルだって偽物なんだから、もしかしたら偽核実験だったかも」なんて言う奴もいるけど）。そのことはともかく、小泉さんの「郵政民営化をやるためなら死んでもいい」という執念だけは日本国民にしっかり伝わった気がする。おそらくその思いの強さが選挙での危うい勝ち負けを分けたに過ぎないだろう。言い換えるならば「これをやるために総理になったのであって、これが嫌だというなら何時でも総理なんか辞めてやるぞ！」というポーズが効いたのだ。人気を逆手に取った上手な世論誘導だけれど、「総理の座になど全然執着してなんかいないんだ俺は。気に入らなきゃ何時だって辞めてやる」というポーズと「その俺がこれだけはやりたいと言っているんだ」という芝居がかった構図が、本当は日本国にとって大して重要ではない「郵政民営化」をあたかも重要課題のように見せたのは事実だった。

安倍新総理に欠けているのはこの「見得」と「はったり」だ。これは個人的な想像に過ぎないが（拉致被害者家族会とのつきあい方を見て勝手にそう思うに過ぎないので、確固たる根拠はないのだが）、おそらく安倍さんは人として善い人だと思う。僕は個人的には安倍総理のお祖父さんの岸信介という元総理のやり方も生き方も好きではないが、お孫さんに当たる安倍さんはきっと善い人だ、と思う。だから善い人の分だけ小泉さんと違って「はったり」を表現出来ないので「曖昧総理」などと言われるのではないか、と見る訳だ。

　すなわち「何がやりたいか」が明確でないことへの不満が世論の第一だろう。「これをやるためなら死んでも良い。総理なんて何時でも辞めてやる」といった式のはったり型に慣らされた国民は観客としてどこか物足りないのかも知れない。組閣を見ても気遣いしか感じないのは確かだが、それは仕方がないのだ。百戦錬磨の、魑魅魍魎《ちみもうりょう》が服を着て選挙区を持っているような爺さん達に恫喝《どうかつ》され、監視されれば、真面目な「若い衆頭」としてはある程度の譲歩はやむを得ないことだろう。だから僕は個人的に第一期の組閣は大目に見ている。戦後生まれで最初の総理、ということを考えれば、ついにやっと、国民が育てる総理があっても良いじゃないか、と（英国のブレアみたいに）。歳を取って次第に年寄りを操り牛耳る力が出来たなら、次の機会にはある程度イメージどおりの組閣も出来ると思う。それでも自民党では総裁任期は一期三年の二期限度、計六年なんだよな。自民党ってそんなに総理になりたい人が列を作っているんだろうか？　アメリカ大統領は四年二期計八年の任期。たかだか六年で日本が変えられるものか！　と思うのは僕だけかな？　尤も小泉さんは五年で終わってくれて本当によかったけど。八年もあったら壊されてるよ、日本。

若い安倍総理は、今回は挑戦者のつもりできちんと六ヵ国協議と北朝鮮の核問題だけに終始して一度任期を終えればいい。あと十五年ぐらい後に安倍さん、実は本当の出番なんじゃないかな？　それまでに一度ぐらい下野して小沢さんに五年程やらせてみたら日本は勉強になるかもよ。老婆心ながら。

風が伝える愛の唄

天然色の化石

今　都会ではビルに敷きつめた石の間から
化石をみつけだす　遊びがあると聞いた
そういえばデパートの恐竜展で
この間不思議に思ったことがあった
何故　恐竜たちは　みんなおんなじように
淋しそうに　緑や黒に　ぬられているのだろう
ピンクや赤や黄色や　トカゲのように
虹色に光ったって　いいと思わないか
あなたが　永遠に　しあわせで　ありますように

ふと思うのは今から　五億年程が過ぎて
地球に次の人類が　生まれていたなら
ライオンの雄だけに　たてがみがあることや
馬には縞や白があると　気づくだろうか
たとえば小鳥が人間の言葉を真似て
犬が愛らしく尻尾を振って　なついたことや
空も海も森もみんな　僕たちが
壊してしまったことに　気づくだろうか
あなたが　永遠に　しあわせで　ありますように

もしも僕が化石になって　みつかった時に

僕の肌が黄色だったことに　気づくだろうか
彼の肌が黒いというそれだけで
傷つけられた時代があったと　気づくだろうか
あなたと僕が並んで　化石になったとしたら
二人がこんなに深く愛しあっていたことに
誰か気づいてくれるだろうか
せつない生命の　営みについて

あなたが　永遠に　しあわせで　ありますように
あなたが　永遠に　しあわせで　ありますように
あなたが　永遠に　しあわせで　ありますように
あなたが　永遠に　しあわせで　ありますように

天然色の化石

from「夢回帰線Ⅱ」

十六年前にマウイ島の海を見ながら書いた歌だ。

実際の恐竜がどんな色をしていたのかなんて、誰も知らないし、化石から肌の色など誰も推測出来ない筈だ。トカゲやヤモリやイモリやサンショウウオといった爬虫類、両生類を参考に想像する恐竜の色など当てになるまい、と思う。何故なら、いつかこの地球上の全ての生物が失われ、やがて数千万年後に別の人類が現れたとする。その時に発見された熊の化石からパンダの身体の配色を想像するのは容易ではないだろう。僕らだって最初にパンダを見た時、こんな愛らしい、マンガに出てくる架空の動物のような生き物が現実に存在していることに仰天したではないか。

さて、では化石から有色人種と白人との「肌の色」の識別など出来るのだろうか？

このままDNA研究が進んで、いつか我々の時代にそのようなことも可能になる日が来るのかも知れないが、「想像すること」には限りがある。地球上に存在した化石達が生前、それぞれどの様に関わり合って生きていたか、ということなどおそらく誰にも想像出来ないだろう。たとえば、犬の化石とヒトの化石が割合近いところで発見される例が多ければ、ヒトと犬が共存していた、という推測は出来るかも知れないけれど。二体のヒトの化石が並んで発見されたとしても、その人間関係まではおよそ想像の域を出ないに決まっている。事故で一緒に死亡したのか、戦で殺されたのか、或いは愛し合った挙げ句このように葬られたのかなど誰にも解るまい。

しかし、と僕は思う。どうあれ、その生命が確かにそこに存在した、という事実は決して揺るがないのだ。痕跡だけではその化石の生前の確かな行動を示すことが出来なくとも、確かに生きたのだ、という厳然たる事実だけは消えようがないのだ。

「今を生きる」ということはそういうことなのだろう。時代が変われば幻のように感じられるかも知れないが、「今生きる生命」こそが僕らのよりどころなのである。生まれ、生きて、愛し、憎み、悲しみ、悦び、いつか死ぬ。それは出来るだけ自然で在らねばならない。誰かの手によってその命が絶たれたり、誰かに追い詰められて自らの未来を断つようなことはあってはならない。どんな化石であろうともヒトである限りは笑った筈だ。泣いた筈だ。生命とはそういう揺らぎをいうのだ。今、生きる生命を、心を大切にしなければいけない、と、もう十六年も前に僕はそう叫んでいたのだな。

第五十小節

かつて教師は聖職であった
経済活動目的の教師は要らない
現場を去って、金は他で稼いでくれ

家が貧しい頃だったので、なかなか給食費を払うことが出来なかった。母が家計で汲々としているのを知っていれば尚更母にはお金のことを言い出せなかった。先生は毎日同じ口調で「明日持ってこい」と言った。大人ならば、ましてや熟練の教師であれば、何故毎日この少年が「忘れました」と言い続けるのか理解出来ない筈がない、と思うのだが、その先生は冷たい目で「明日は忘れないで持ってこい」と繰り返した。「給食費を持ってこい、と昨日も言っただろう！」。翌日、先生は僕にそう言い「忘れないようにお前の顔に〝給食費〟と書いてやろうか？」と言って笑った。クラス全員が遠慮しながら小さな声で笑った。酷く傷ついたが、払わなければならないお金を払わない僕がいけない、と我慢した。それでも子供というのは先生に気に入られたい生き物だ。

　ある日、教卓で先生が画用紙に定規も使わずにまっすぐな線を引くのを見て感心し、少しおべっかもあって「よく定規も使わずに綺麗でまっすぐな線が描けますね」と言った。その先生は僕の方を振り向きもせず「お前の世辞など嬉しくもないわ」と言わんばかりに手元だけを見ながら鼻先で「ん？　お父さんにな、直線はまっすぐ描けと教わったんだ」と答えた。無表情で冷淡な響きのジョークだった。やっと僕はその時にこの先生に〝嫌われているのだ〟と理解した。小学校四年生の時のことだ。

　子供という生き物は頭脳は幼いけれども心まで幼い訳ではない。父の不遇の頃、ちょうど三、四年生の二年間は長く、辛く、惨めだった。先般、福岡でのいじめによる中学生の自殺で教師によるいじめが問題になったが、実際昔から、ずっとそういうことはあるのだ。人間であれば好き嫌いがあるのは当然のことだ、と皆知っている。だが、先生の耳に届いていたかどうかは別だが、あの先生はあの生徒のことを気に入っており、この生徒が気に入らない、などという「先生の本音」など少年少女の豊かな感受性ははっきりと見透かしていたのだ。

　しかし昔は「社会正義」という「義の心」が生きていた。先生の贔屓が過ぎると「先生、贔屓だ」という正義の声が必ず上がったものだ。クラスの仲間同士でも「あいつ、悪い奴だから一丁みんなで懲らしめてやるか」というのと「集団暴行」は異質だ。やりすぎそうになると誰かが「もういいじゃないか」と止めたものだ。

学校という閉鎖社会は時として檻となり、教員は時としてその看守になる。教育、という言葉は「教え育てる」という意味だが、重心は「育てる」に在るべきだろう。育てるために教えるのであって教えるために育てるなどというバカな話はない。「点取り受験制度」を変えぬ限り、この傾向は変わらないだろう。今の子供達にとって最大のステータスは高い点を取ること。その先にある、一番大切な何かを教えるような育て方をしないから仕方がない。従って一流大学に受かるための教育にはお金がかかるから東大の親の平均年収が他の大学よりも高い、というようなことになる。子供は入試合格だけで達成感を持つのでそれ以後は伸びない子が増える。それどころか堕落の一途をたどる子すら。だから社会に出たところで東大出の五十近い親父が酒の上の仲間の悪口で「でも、あいつ文Ⅲだろ?」などと平気で言う。目に見えぬ差別、階級制度は既に完成した感がある。大人社会にいじめがある。実際、教師同士でいじめ合っているのに、子供同士のいじめが消える筈がない。信号を守らない大人が子供に「信号を守れ」と言うのは恥知らずだ。

大人の、会社でのいじめは誠に陰湿だ。虐められる方は生活があるからそこを出られないから正に地獄の檻だ。この歪みは弱いものへ向く。親が子供を虐待し、子供が親に仕返しをする。これはもう戦争だ。言葉は人を殺せる凶器と気付くべきだろう。

かつて教師は聖職であった。

その教師の「覚悟」に対して親は子を託したのだ。経済活動目的の教師は要らない。いや害毒だ。早く現場を去って、金は他で稼いでくれ。今でも「心から子供を守り育てようとしている」志の高い教師はまだまだ日本中に沢山居る。彼らへの冒瀆《ぼうとく》だ。事なかれ主義で駄目教師を庇い誤魔化すような教育委員会などいじめの根源だ。くそくらえだ。

第五十一小節

二十五年ぶりの北京訪問
日本人学校の子供達との合唱
……やっぱり涙が出た

中国の北京日本人学校が今年創立三十周年を迎えた。その記念式典をやる折に、是非外国で頑張っている子供達や先生達を勇気づけに歌いに来てくれ、と、頼まれたのは二〇〇五年の終わり頃のことで、まだ小泉さんの靖国参拝問題で日中関係は冷え込んだままの時期だった。当時は随分気を揉んだが、政権が代わり、安倍新総理訪中のお蔭で、在留邦人の言葉を借りれば〝劇的に〟日中関係が温かくなったから実に絶好のタイミングで北京へ行ってきた。

小泉政権の頃には在留邦人社会は中国国民からの冷たい風に晒されて、かなり住みにくかったようで、学校も子供の登下校から先生方の生活までかなり神経を遣ったようだ。そうでなくても北京日本人学校と言えば、いわゆる「脱北者の駆け込み」で幾度も話題になった学校でもある。

今回、二泊三日の駆け抜けるような短い時間だったが、個人的に二十五年ぶりになる北京訪問を充実感の中で過ごした。まず驚いたのは近代化の速度だ。空港から未舗装道路を一時間以上もかかった道程が高速道路でその半分以下になった。かつての北京市内は大袈裟に言えば何処からでも天安門が見えたものだったが、今はすっかりビル群に埋没し、なんだか「浅草雷門」の感じ。乱立するビル、折からアフリカサミットと重なって、派手なネオンと夜の街のライトアップ。僕の記憶の中の北京とは異次元の町に変貌《へんぼう》していた。当時、街道を埋め尽くしていた自転車の大群はすっかり姿を消し、代わりに自動車の大渋滞が待ちかまえていた。マクドナルド、ケンタッキーフライドチキン、吉野家、イトーヨーカ堂、そしてスターバックス。勿論、一般人にはまだまだ高嶺《たかね》の花といった値段のようだが、もう、かつてのような唯物主義、或いは共産主義革命というような文字は何処にも見あたらない。逆に、明日は今日より素晴らしい、といった「高度成長経済」スローガンが目立つ。服装も変わった。人民服の若者など皆無。原宿や渋谷の若者と少しも違わない。まるで二十五年は浦島の距離。十倍の数の人が住む国は僕らの国よりも十倍も速く進むようだ。

さて、その日本人学校の生徒は小学一年生から中学三年生までおよそ六百四十人。

空港に着いてその足でまっすぐに学校へ行くと、子供達は大歓声と笑顔で歓迎してくれ、体育館で翌日の式典会場で一緒に歌う「ふるさと」を披露してくれた。「いかにいます父母、つつがなしや友がき……」。遠い国に居て、その小さな肩に日本を背負いながら頑張っている子供達の「ふるさと」を聞きながら僕は涙をこらえるのに必死だった。六歳の少年少女に「志を果たしていつの日にか帰らん」なんて解る訳がないのに……と。笑顔で声を限りに歌う子供達の背筋の美しさに目眩《めまい》がした。

ふと、足かけ十年ほど前、ロサンゼルスの日本人養老院へ慰問に行った時のことを思い出した。戦前からアメリカへ移住し、戦時中は施設に収容された在留邦人の深い思いについて。その時、七、八十歳の老人達にさだまさしは無力で、「秋桜」も「北の国から」も「精霊流し」も歯が立たなかった。どうにか楽しんで貰う方法はないか、と、苦し紛れに僕が「ふるさと」を歌い出すと、突然大合唱になった。身体が震えた。あの戦争の間、彼らはどの様な場所で、どの様な境遇で、どの様な思いでこの歌を口ずさんで密かに国を想い、自分を律して生きたのだろうか、と。苦しみ、悲しみの中で、或いは喜びの時にこの歌をそっと口ずさんだのだろうか。今でもロサンゼルスの在留邦人の墓は海辺で同じ方角を、そう、遠い日本を見つめながら静かに並んでいる人がいる。海外にあってこれ程日本を想う人があり、日本に居ながら日本に何も感じないのだ。

僕はこの日、北京の子供達に元気と勇気を貰った。十一月四日、日本のＯＤＡで作った世紀劇場で、児童、父兄、招待客千七百人のために心を込めて歌った。勿論、子供達と一緒に大声で「ふるさと」を合唱した。

「志を果たして　いつの日にか帰らん」

やっぱり涙が出た。日本を良い国にするには、この国で暮らす大人達がしっかりしなくては、と、改めて北京の子供達に誓った。

帰国して新聞を開いてみたら、また「いじめによる自殺」という文字。負けるな子供達、と呟く。

第五十二小節

名物ディレクターの死を悼む
歌って一体何だろう
音楽は何処へ行くのだろうか

僕らがデビューした頃はまだラジオ時代で、みんなラジオをよく聞いていたからヒット曲の多くはラジオから生まれた。これは楽曲の性質に大いに関わりのあることだと思う。

昔はまず「聴く」というところから全てがスタートしたが、現在では「観る」ということが重要になった。プロモーションビデオが当たり前の時代になれば、第一印象に刻まれるのは「姿」や「形」ということになる。そうしてその姿形がどれほど美しいか、格好がよいか、奇妙か、面白いか、というのはヒット曲に大きく関わってくる。しかし、ラジオ時代、最も重要なことは最初に声の好き嫌いでその楽曲の好き嫌いだった。だから当時、歌作りの一番大切なことは「メッセージ」だった。この歌を聴く人が元気を出してくれたら、とか、どうかこの胸の痛みを分かってくれ、というふうに。だから「歌詞」は非常に重要で、新しい表現や新鮮な描写、また、誰も取り上げなかった重要な人生の重さや誰にも告げることの出来ない胸の苦しみや喜びといった、生活の上での喜怒哀楽を「刻み、主張する」ことが最も価値のあることだった。こういう作り手の「発見」や「発信」が聴き手の生活を支え、あるいはエネルギーに変わった時代だったのだ。当時はｉＰｏｄなどないし、パソコンもないから、聴く人も手軽に音楽をコピーしたり入手したりすることは出来ない。気に入った曲の音盤を「購入する」か「ラジオで聴く」しかなかった。リクエストをしてラジオで聴く。或いは誰かのリクエスト曲をラジオで聴いて好きになる、というのんびりした時代だ。「文通」に似ているかも知れない。会ったこともない人と手紙のやりとりをするのと、会ったこともないメル友とは全く次元が違うのに似ている。一所懸命メッセージを送り、一所懸命聴き手が受け取る。勿論、反発もあり、共感もある。こういう方法こそが正しい、などとバカなことを言うのではない。ただ最近、歌って一体何だろう、と思うようになったのでこんなことを書いている。歌から命懸けのメッセージが聞こえないからかも知れない。あの頃は放送局のディレクターやＤＪの存在が大きかった。当時のディレクターやＤＪは「聴き手」の代表者であり、プロの受け手だったのだ。自分の心に響くものには全力を挙げて応援した。番組で取り上げることで、小さな局から大ヒットが生まれた。昔のラジオとはそういう存在だったのである。

グレープの「精霊流し」も東海ラジオのDJ・蟹江篤子さんと担当ディレクターの力によってヒットした歌なのだ。全国の何処よりも早く「精霊流し」は名古屋でヒットした。次の月に九州で、その次に関西で、次は東北で、と名古屋のヒットから五ヵ月遅れで東京でヒットした。今ではなかなか考えられない話だ。

そんな昔からの恩人の一人、九州朝日放送の岸川均さんが先日急逝されたのでひどく驚いたが、ご葬儀には間に合うことが出来た。岸川さんはチューリップ、甲斐バンド、海援隊など錚々たる九州出身のフォーク、ロックシンガーを支えた名物ディレクターで、僕も売れない頃から本当に世話になった。八年前に定年退職された時にはみんなが集まって福岡サンパレスで四日間も続けて記念コンサートをやり、僕も行って歌った。盛大なお祝いだった。みんなに愛され慕われた、厳しいが温かい兄貴のような人だった。大袈裟やはったりの嫌いな誠実な人で、九月に体調を崩されて検査入院した際に末期ガンが見つかり告知を受けたが、穏やかに、慌てても騒ぎもせず、密かに自らホスピスに入り、仕事仲間は勿論、家族以外の親類にも黙って家族との最期の時間を過ごされて十一月十七日に亡くなった。如何にも岸川さんらしい清廉な最期だった。

　享年六十九。早すぎる死だった。ラジオとともに生きた名ディレクターの死は僕の胸に辛く、重い。何か一つの時代を失ったようで、言いようのない寂しさに襲われている。

　音楽は何処へ行くのだろうか。ラジオは何処へ行くのだろうか。葬儀の間ずっと岸川さんの遺影に話しかけた。「なるようになるさ」。そんな声が聞こえた。「本当に必要な物なら消えないよ」。成る程温かいが厳しい岸川さんらしい答えが返ってきた気がした。——合掌——

サクラサク

冬は季節の終わりではなくて　冬は季節の次の始まり
冬に季節が死ぬ訳じゃなくて　冬は春を生み出すちから

季節の終わりを　心に刻んだ
傷は傷として　そっと痛むまま胸に秘めた
君のことも　愛のことも　夢のまた夢のよう
鳥の声も　森の風も　君と共に去りゆく
思い出　消そうとした時
僕の心は壊れた

君こそが僕の　愛の　すべてだった

冬は季節の終わりではなくて　冬は季節の次の始まり
冬に季節が死ぬ訳じゃなくて　冬は春を生み出すちから

けれど　ときめきは　僕のどこかで
あきらめもせずに　静かに季節を待ち続けた
時は過ぎて　凍りついた　君の心が融けて
心細い　枝の先に　春は色を許した
光に輝くような
小さなつぼみがふくらむ
桜まで　少し　もうすぐに届く

冬は季節の終わりではなくて　冬は季節の次の始まり
冬に季節が死ぬ訳じゃなくて　冬は春を生み出すちから

冬が厳しい程に
春の花は美しい
桜まで　少し　もうすぐに届く
桜まで　少し　もうすぐに

サクラサク　　from「美しき日本の面影」

元々中国の季節感だった「二十四節気」や「七十二候」が輸入され、少しずつ日本に合わせて変化をし、すっかりこの国のリズムとして定着したのは一体何時頃のことだったのだろう。

　農業に欠かせない「暦」は国民にとって重要な参考書であったろう。何日頃に種を蒔こうか、とか、そろそろ服を冬用に替えないとね、という具合にだ。

　江戸時代、「暦」は毎年その年の季節に合わせ、きちんと修正されて売り出された。人々は必ずそれを買い求めてそれぞれの生活を作ったのだ。当時の農民や漁民にとって「季節」は「生活」の重要な目安だったのだ。

　科学の進歩によって暖房機や冷房機が普及し、我々の肌の感受性は退化してきた。今や日本人の多くは「暦」とは月日や曜日を確認するためのものとなり、時計のように時を計るためだけのものとなってきつつあるようだ。

　しかし、「季節感」は揺らいでも、「季節」そのものは厳然とこの国の風土をこの国らしく彩り続けている。どれ程暑い夏も永遠に続くことはなく、どれ程美しい秋も永遠に続く訳ではない。季節は時とともに巡り、この国の風土に美しい四季をもたらし続けているのだ。

そうして、どれ程寒い冬に苦しんでいようとも、もう少し頑張れば、次には必ず春がやってくるのだ、という安心感が、日本で住み暮らす人々の心根の「負けるものか」という辛抱強さ、或いは「諦めない」という粘り強さを育ててきたのであろう、と僕は思っている。冬が厳しければ厳しい程、やがて巡ってくる春に悦びは満ちる。

だから、日本人の生命は一年更新だ。こうして季節に託して心を切り替えながら自分を励ましてきた。

どれ程辛い一年であっても、大晦日で区切る。綺麗さっぱり前の年のことは清算して一眠りし、元旦には枕元にまっさらで綺麗な、新しい一年分の生命が訪れるのだ。こうして「まだまだ諦めるな、頑張れ」と己を勇気づけてきたのだ。

長い冬の時代を生きる時も、恵まれた我が世の春を謳歌する時も、「決して何時までも続くものではない」と自分に言い聞かせて生きる自制心があった筈だ。

現代人一人一人のＤＮＡに眠っているその「日本の心根」をこそ、「暦」に刻むことが最も重要なことなのかも知れない。辛い冬にこそ、自分に言い聞かせよう。

もう少しだけ頑張れば、きっと花は咲く、と。

この作品は二〇〇七年一月ダイヤモンド社より刊行されたものです。
ＪＡＳＲＡＣ　出０９０７２７４－９０１

もう愛《あい》の唄《うた》なんて詠《うた》えない

さだまさし

平成21年8月10日　初版発行

発行人――石原正康
編集人――菊地朱雅子
発行所――株式会社幻冬舎
〒151-0051東京都渋谷区千駄ヶ谷4-9-7
電話　03(5411)6222(営業)
　　　03(5411)6211(編集)
　　振替00120-8-767643
印刷・製本―大日本印刷株式会社
装丁者――高橋雅之

幻冬舎文庫

ISBN978-4-344-41342-9　C0195　さ-8-6